KB140477

칸나는 붉었지

사이펀 현대시인선 10

칸나는 붉었지

초판인쇄 | 2020년 11월 5일
초판발행 | 2020년 11월 10일

지 은 이 | 이진해
기 획 | 계간 사이펀
펴 낸 이 | 배재경
펴 낸 곳 | 도서출판 작가마을
등 록 | 2002년 8월 29일 제 2002-000012호
주 소 | 부산광역시 중구 대청로 141번길 15-1 대륙빌딩 301호
T. 051)248-4145, 2598 F. 051)248-0723 E. seepoet@hanmail.net

ISBN 979-11-5606-177-9 03810 정가 10,000원

※ 본 도서는 2021년 부산광역시, 부산문화재단 지역문화예술특성화지원 '부산문화예술지원사업'으로 지원을 받았습니다.

사이펀 현대시인선 ⑩

칸나는 붉었지

이진해 시집

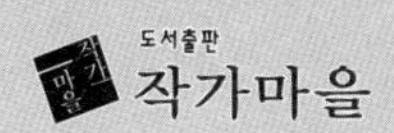

시인의 말

가만히 두면 사라지는 것들
별. 달. 구름. 바람
가만히 두면 사라지는 기억들

그 기억을 여행합니다
가끔은 멀리가거나?
낯선 곳은 외롭습니다
아무런 말도 해주지 않는?
손금을 들여다봅니다.

2021. 가을
이진해

• 차례

2부

• 차례

3부

4부

칸나는 붉었지

이진해 · 사이펀 현대시인선 · 10

제1부

그.렇.다

햇살이 노랗게 퍼진 이마 위
따라가지도 못하는
입술이 무겁다
스펙트럼처럼 분사된 빛을 솎아내기 한다
밀.어.낸.다
말갛게 면도를 한
턱수염은 나이테를 잊고
다시 먼 허공을 떠돈다
어느, 하루의 잠결에
모두 잘리었다
남은 생에 미련을 두지 말고
그냥 떨어져 나가라 한다
통나무가 된 가슴은 장작처럼 탁탁 쪼개진다
두드려본다
밖으로 새어 나오는 옹이들의 신음소리
삐그덕 삐그덕 마른 소리를 한다
되돌아가던 바람 한 올
풀코스의 마지막처럼
물기 없는 관절을 건드린다
물기 마를 날 없던 날들이,

나비에 관한 보고서

암수 한 쌍의 나비를 본다
황홀한 색감의 민화 문양을 보면
오래된 골동품의 세월을 느낀다
가만히 나비를 본다
저렇게 꽃잎처럼 날아올라도
미동조차 없는 바람소리
그 바람을 지나서 수선화가 피는 이른 봄을 느낀다
꽃잎이 무더기로 흔들린다
카오스다
장자의 꿈을 지나서
내 안에서 퍼득이는 날갯짓
설렘을 주는 한때다
사람들은 이쁘다고
유리창에 압착시킨 날개를 가둔다
날지 못하는 날개는 아무리 예뻐도 날개가 될 수 없다
바람을 이고서
가볍게 세상을 터치할 때가 좋다
오래된 골동품으로 이름 불리우지 못하는
나비의 날개는 비상의 설렘으로 가득 차 있다
날개에 새겨진 문양은 아주 오래된 그림이다

날지 못하는 세상을 지나거나
날지 못하는 시간을 날고 있는
나비 한 마리
골동품처럼 시큼한 냄새가 배인 그림 속에서
내일이면 대서양 어디쯤에서
파도를 흔들꺼다
아직은 폭풍전야다

리얼돌

피그말리온은 피와 살이 있는 여자를 싫어했다고
그리이스 신화에 전해진다
상아로 만든 조각상과 결혼을 한다
껴안고 키스도 하고
사랑표현도 하고
갈리테이아는 상아로 만든
리얼돌의 원조다
미래 세상에는 인간과의 관계보다
로봇이나 인형과의 성관계를 예언한다
미래학자의 말이니 믿어도 될 것 같다
블루 코로나의 암호에 갇혀
밖으로 나다니지 못하니
성적욕구 해소를 위해 리얼돌을 찾는 사람들
천만 원이라는 고액의 리얼돌도 판매된다니
고장 난 우리 몸속에
어느새 로봇이 기여한 공로가 크다
자연스럽게 동거를 시작하고 있디
에이원이나 리얼돌이나
우리는 그들을 멀리 할 능력도 인정도 없다
인공지능을 가진 그들의 우월함을 자주 보곤한다

피그말리온은 신께 빌었다지
제발 인간으로 만들어 달라고
소원을 이루고 손에 반지를 끼워준다
비록 육신은 늙어 갈지라도
보드라운 살결과 따뜻한 피를 나누는 진정한
사랑을 이룬다
코로나시대에 불거져 나온 리얼돌
누군가 또 소원을 빌겠지
'사람으로 만들어달라고'
세상은 요지경 속이다
생긴 대로 순리대로 사는 하루도 버거운 시간의 연속이
다
블루 코로나 지긋지긋하다
백신을 접종하고 나서도 이 찝찝함은 뭐야

박제된 시간들

설레이던 봄이 친절하지 않은 마스크를 주고 간다
얼굴에 봉합을 해 본다
두 손으로 두 귀에 걸어보지만
입술은 마르고
확인되지 않는 얼굴들 때문에
이 계절 낯설어진다
코끝에는 솜털 같은 공기가 쌓이고
마스크가 없는 얼굴을 피한다
불안한 걸음이 비틀거린다
차선으로 걸음이 도움닫기를 한다
햇살을 등지고 바다로 간다
펄펄 끓는 8월의 더위에 겸상을 하는 비지땀
높다란 전깃줄에 까치 두 마리
사랑싸움을 하는지 울음이 날카롭다
머무를 것인가 떠날 것인가
뿌리를 내린 나무는 그냥 그대로
인식표가 된다
꽃은 시들거나 녹아버리고
난데없이 활짝 핀 꽃을 보고
호들갑을 떨다가

시든 화분을 내던진다
계절을 바꾸려는 꽃들이 훅훅 떨어진다
문 앞에 툭 던져놓고 가는 박스에는
수 십장의 마스크가 들어있다
엘에이 초이스 등급의 갈비 박스를
개봉하듯이 손이 떨린다
거실에 박제된 마스크 하나
뚫어지게 쳐다본다
시시포스의 시간이 반복된다

길이 비리다

아주 끊임 없이 비가 내렸다
아주 긴 장마였다
잠깐 나온 햇살이 따갑다
바닷가 초입부터 길은 아주 비리다
바다 속의 것들이 무엇을 게워냈는지
길은 떨어진 꽃잎에 부러진 가지에
시궁창을 뚫고 나온 변기통에
희한하다
그래도 작은 새들의 지저귐은 명랑하다
목줄이 풀렸나
목줄을 풀고 나왔나
누렁이 한 마리 뛰는 곳마다 다리를 들어 올린다
작은 밭들이 물에 잠기고
산들은 떨어져 나가고
언덕과 골짜기는 한 몸이 되었다
소떼들은 높은 산 암자에 엎드려 전생을 빈다
물속에 잠긴 사람들은 부레를 잃고 숨을 거둔다
와도 와도
내려도 내려도
그칠 줄 모르는 비의 자락

작고 여린 꽃들은 녹아내린다

산자락에 고였던 빗물이 파문을 그리며

길 위에 넘실댄다

웅덩이에 고인 물에는 전봇대가 들어앉고

하늘이 잠긴다

웅덩이는 잠깐 시간을 트롯트 가락처럼 꺾는다

조용한 파문이다

조용한 적막이다

그 적막한 풍경 속에 얼굴을 디밀어 본다

늙은 욕심은 끝도 없는 것 같다

셀카 삼매경에 빠진다

다리를 들어 올리던 누렁이

붉은 혀를 내밀고 물을 마신다

적막이 사라지고

또 다른 풍경이 들어앉는다

뜨겁게 걷다

8월의 숲을 지난다
숲의 나무는 푸름에 잠들어 있고
계곡의 송사리 유빙처럼 떠돈다
히말라야 계곡에 발견된 조개는
어디서 흘러 왔을까
브래지어 골을 타고 내리는 땀은
엉덩이 골을 지나 발바닥에 이른다
돌방석 위에 문신처럼 새겨진다
땀도 새겨진다
음력 초하루에 문을 여는 금강계단
신발을 벗고
넓직한 돌방석이 깔린 탑을 돈다
108번은 무리야
세 번만 돌자
시작부터 마음을 정한다
부처님의 사리탑을 기준으로 사방의 둘레를 돈다
돌바닥이 뜨거워 버선을 신은 사람
두꺼운 양말을 신은 사람
샌들을 신느라 맨발인 나는
디딜 때마다 발바닥이 익을 것 같다

흰머리를 조아리며

삼복염천에 기도를 하는 비손들

계곡의 물소리 들으며

무심한 듯 기도하는

무심한 듯 흐르는

금강계단이 뜨겁다

발바닥이 뜨겁다

굵은 땀방울이 나를 매닥질한다

나는 어떻게 비벼질 것인지

자꾸만 돌고 있다

숫자들이 계곡 속으로 미끄러진다

노거수에 매달린 알고리즘

꽃들은 나무들은 쇠붙이처럼 내려치는 비와 바람의 시간들을 맨 몸으로 이겨내고 A1보다 강한 가지들과 뿌리를 지닌다 그곳으로 가는 길에 드리워진 그늘은 스산하거나 소리 내며 우는 바람을 숨겼다 깊은 산속으로 들어가면 민비를 시해한 칼을 모신 이웃 나라의 기분 나쁜 음기가 아니라 시원하거나 경배하게 되는 서늘함이 공기처럼 가득하다 사방으로 드리워진 풀빛 안개가 스멀스멀 거린다 숨 쉴 틈도 없이 훅 가슴을 열게 한다 나무의 가지들은 천천히 나를 음복한다 나를 이리저리 바람 탓이라 읊조리며 뜯어 발긴다 아주 가는 가지들은 발굴 솜씨가 대단하다 나는 스스로 벗지 않아도 천천히 벗겨진다 이럴 때는 붉은 피를 즐기는 좀비들 같다 입맛에 맞는 만찬이었는지 가지들이 손 인사를 건넨다 너무 무성하거나 촘촘한 언어들은 쉽게 해석되거나 내뱉지 못한다 수 만개의 풍등을 숨긴 그늘의 탁본을 뜬다 카메라 셔터 소리가 노크처럼 울린다 화엄의 등을 피우듯 조명을 곁들인다 新作의 궁금함이 끌리는 것은 대부분 좋아하는 작가들의 이름 때문이다 나는 먼저 이름을 고한다 몇 번이고 나의 이름과 떠난 이들의 이름을 불러 본다 베스트셀러의 책장을 넘겨본다 기억이 없거나 희미한 단어들이 꼬리에 꼬리를 문다 올챙

이 알처럼 부산하다 알 수 없는 희열을 느낀다 온 몸이 노곤해진다 현자타임 같은 시간이 멈춘다 계곡에 흐르는 맑은 아이의 웃음은 불로장생의 명약인 것을 이제야 알았다 물을 첨벙대며 미끄러지는 웃음을 낚아챈 것을 이제야 보았다 아주 무거운 연줄에 매달린 듯 사방으로 드리워진 저 풍요를 이제야 품는다 아주 많은 눈물과 웃음과 내뱉지 못한 언어들이 민들레 홀씨처럼 가볍게 날아오를 비상을 노린다 얼굴 하나 이름 하나에 무릎을 굽힌다 남겨진 오래된 편지를 다시 꼼꼼하게 읽어본다 눈을 감고서 회상하게 하는 이 서늘한 그늘이 좋아 아직은 풍등처럼 바람을 저울질 해 보는 거야 나는 아직 이 서늘한 그늘이 좋아 딱 좋아

다크 웹

가상계좌 다크 코인 모네로는
해커들이 사용하는
다크웹이다
어쩌면 코로나라는 것이
빙산의 일각에 놓인 인간들을 비웃는
가상현실인지도 모르겠다
수면 위 빙산만 보느라
수면 아래 숨어있는 다크웹은 몰랐다
어떤 암호도 통하지 않는
열 수 없는 지령이다
무지하게 이기적으로 쌓아올린 고층 마천루들
코로나가 숨기 좋은 곳이다
체인으로 운영되는 병원이 있다
공격을 받으면 치료는 올스톱이다
해커들이나 코로나의 요구사항을 들어줘야 한다
좀비피시로 만들어진 나는
원하던 원하지 않던
피해자이며 공격자이다
코로나에 해킹 당하고 있다
누군지도 모르는 누군가에게서 언텍트 당하고 있다

모뎀을 바꾸어도

인터넷 주소를 바꾸어도

누군가의 지시로

어린 소년은 부모를 죽인다

누군가의 명령이다

봄의 침묵

침묵으로 견딘 시간을 담금질 하듯
바람이 울어댄다
말하지 못하는 비명이다
새벽 어스름에 익숙한 골목에서
굉음을 울리는 오토바이가 질주한다
검은 마스크는 침묵처럼 보인다
눈치 보지 않고
봄의 공기를 들이킨다
누가 볼세라
마스크를 흔들어 본다
걸음은 지그재그다
이렇게라도 바람을 들이키지 않으면
참말로 숨이 막힐 것 같다
목련도 산딸나무도 숨어서 그림자만 보았다
비에 떠내려가는 벚꽃을 바라보았다
만장도 없이
흘러가거나 지들끼리
성벽을 쌓더라
꽃의 성벽은 금새 누렇게 변하더라
겁도 없이 소독차의 향기를 마셨지

마구 내달리던 무지함이 와이리 그리운 거지
당신도 보고 싶어지는 봄밤입니다
떠난 이들 앞에서 침묵하는 법을
마스크에 가둔다
혼술, 혼밥, 혼쿡, 혼영화
광고는 온통 혼자 사는 법을 들먹인다
굳이, 어차피
지구를 잠깐 열쇠로 잠글 수는 없나요

비대면의 거리

누군가는 슬플 때 모자를 쓴다고 한다
그 마음을 알 리가 없다
나는 그러지 않으니까
옷깃만 스쳐도 인연이라는 말이 주춤거린다
빙하가 녹아내린다
굳게 입을 다물고 마스크를 사잰다
서로 눈치를 보며 젠가게임을 하듯
빙하 속에 잠든 메머드의 바이러스를 밀어낸다
큰 바위가 부서지듯이
엄청난 굉음을 내며
지구의 살점이 미끄러지듯이
물속 깊이 잠수를 한다
언제부터인가 눈을 감는다
물을 보듯 뻔한 풍경이 여행자의 환호로 바뀌고
나는 어느새 독선자의 도그마에 빠진다
높은 곳에서 추락하는 꿈을 꾸면
키가 자란다고 한다
건강검진을 하면 키는 줄어들고 있다
나도 모르게 11번 뼈가 부러져 있다
나는 떨어지는 몸의 스릴보다는

풍덩하고 나를 받아주는 물소리에 오금이 저린다
풍등처럼 날고 싶다
밖으로 나가다 되돌아오는 걸음이 잦아진다
마스크를 찾는다
답답함에 주리를 튼다
아무도 없는 새벽에도 누군가의 걸음을 피하고
갓길에서 잠시 숨을 고른다
꽃을 보는 척
새소리를 듣는 척
마스크를 만지작거린다
무인 편의점이 생겼다
고소하고 달콤한 호두아이스크림을 사고
무인결제를 한다
비대면의 거리가 마음에 든다
서로의 눈을 쳐다보지 않아도 되고
기다리는 번거로움이 사라지고
아무도 모르게 카드를 긁고
냉장고에 직배송하는 시간을 즐긴다
자꾸만 내 몸을 인식하는 카메라가 거슬린다
자꾸만 내 몸에 나를 인식하는 바코드가 새겨진다

상소문

전하 통촉하옵소서
첫 줄은 그러하다
기해년 겨울
타국의 역병이
이 땅에 창궐하여
입마개로 숨을 막고
지병이 있는 자는 숨을 거두었고
울음과 울음만이 처연하다
다시 봄이 오고
여름이 오고
사분오열에 이른 민심이
오늘도 해처럼 붉게 타 오른다
붉다
저 붉음을 위하여 밤을 지새우는
우국충정인 줄 알았더니
튀겨지고 겹겹이 마스크로 가리고
귀재도 영골도
양손을 저울질 하더라
신기전의 영화처럼
꽁지에 불을 뿜으며 도망가더라

육참골단의 고통으로 전락한

재난지원금은 쓴 내역조차 부끄럽고

생계가 위태로운 수많은 사람들

다시 일터로 나가는 것이 소망이다

화근은 무엇이었나요

성대한 냉면 잔치에

마구 폭파당하는 토씨들

치욕의 눈물까지

무엇이 남았는지

말라비틀어진 호박줄기는

새벽이슬에도 일어서질 못하네

사과는 단맛을 잃고

복숭아는 씨앗을 뱉아 내고

텅 빈 장터의 가림막은

태풍에 또 찢어지고

타야할 버스가 오지 않네

신호등이 먹통이 되고

버스표지판은 날아가 버리고

등을 타고 내리는 땀을 거두지 못하고

마스크를 벗지 못하는

입술은 짭쪼름한 눈물과 땀을 삼키네
촛불도 원성도 하늘 아래 두는데
만장 없는 곡소리
익명의 청원인이 올린 時務7조
글은 총 1만 3058자
원고지 117장이다
삼가 굽어 살펴주시옵소서
나
너
누구였을까
백중을 지나 막제를 올리고
망자를 배 띄워 보내네
허황된 꿈을 좇아
국사를 말아먹는 이상주의자들
다치킨과 2치킨을 처벌할 수가 없지
그들의 메뉴에 포크조차 올리지 마라
포크레인으로 밀어버리기 전에
난세에는 진심만이 통하는 법
굽어 살피소서

몇 센티미터

내 감정과 내 감정 사이에서 두렵거나, 불안하거나 항상 그렇다 어떤 날은 쏟아진 죽이 되어 주워 담을 수가 없고 어떤 날은 데드라인 가까이 꽃이 핀다 일몰의 거만한 자존심이 부럽다 자꾸 날 묵언으로 가두네 하루가 붉거나 빛나거나 거대한 꼬리를 펼치며 서서히 사라지는 깊은 숨소리는 파도 속으로 잠행을 한다

대놓고 사라지는 그림자는 붉다, 붉다

차도에 누운 노숙의 걸음을 숨긴다 꽃이 떨어진 자리에 꽃이 피듯 가는 자리에 펼쳐지는 그리움 눈물이 가질 수 없는 붉음 볼 수는 있어도 손잡을 수 없는 그래도 손 내밀어 봅니다 후회처럼 자꾸 떨리거나 불안합니다 누렇게 변색된 종이냄새가 좋거나 훅 쳐들어오는, 기억은 파도 같은 감정을 밀어내지 못해요 오늘은 뭘 해 먹을 까요 무딘 칼을 항아리에 대고 쓱쓱 벼립니다 맛난 요리를 시작합니다 감정은 맛을 압니다

칼날이 살아있는 칼 한 자루 사야겠어요

어느 중심

코로나라고 불리는 택시가 섰다
신기한 이끌림에 엉덩이가 파묻힌다
손을 흔들며 닫아주는 문을 어떻게 열어야 하나
신작로는 증거를 묵인하듯 붉은 먼지를 날렸다
현관문을 열고 나가다가
다시 들어서는 마스크의 운용법에 당황스럽다
누군가의 얕은 기침에도 목을 숨긴다
청보라 빛 수국더미에 장미꽃잎이 花葬을 한다
코로나 코로나
병명과 택시는 이름이 같다
추억과 고통은 이미 한 몸이다
예견된 제단 앞에 놓여진 희생과 고통들
값은 무제한이다
매길 수 있는 근사치도 없다
통장은 가벼워지고
국물은 넉넉하게 물을 더 붓는다
소금도 넣고
설탕도 넣고
소고기 다시다도 슬쩍 뿌린다
상처 없이 떨어지는 꽃잎이 바람의 중심으로 걸어간다

다시 청명해지는 하늘을 보고

마스크를 벗어던지는 무대는 아직은 지구다

코로나는 아직 목적지를 모르고 달린다

내비게이션이 없던 시절이다

장미꽃잎이 떨어지고 봉선화가 핀다

확인처럼

밤에는 손톱 끝에 꽃잎을 올린다

누군가 꽃잎을 토한 듯

하얀 샤커 이불에 붉은 화인이 가득하다

자가격리

댄스를 베우고 싶어요
탱고에 블루스에 살사에
땀이 끈적입니다
마지막 블루스 음악처럼
커다란 욕조에 누워
발을 치켜 듭니다
꿈꾸던 발레동작을
가만히 첨벙거립니다
보이스피싱 문자처럼
은밀하게 코로나 검사를 요구합니다
마지막 발레동작이 삐끗합니다
탕 속에서 버무린 땀들이 어색하게
말라버립니다
못 본 척 합니다
아침 저녁으로 체온을 재고
미처 채우지 못한
냉장고 털이를 합니다
나프탈렌 냄새가 배인 옷들을 수거함에 던집니다
아껴둔 땡땡이 블라우스는 입어보지도 못한 채
땡땡이 같은 이별을 땡땡

비대면의 안부와
비대면의 음흉함과
비대면의 숨소리가
샤워기를 지나 하수구로 사라집니다
비가 오면 저것들이
마구 마구 살아날 것 같아
흡혈귀처럼
코로나는 서로 물어뜯고 통성명을 하는
바코드처럼 마구 찍혀요
아이스크림의 달콤함을 음미해요
밥맛을 잃어버린 미각을 위해
식어버린 굳은 밥으로 식혜를 만들어요
보온을 터치하고
티비를 켜고 지루한 일상은 35.9도
공기가 습해요
비가 올 것 같네요

마스크로 기억되는

작은 꽃무늬가 그려진
마스크를 선물 받았다
지난밤에 이 겨울을 버티고자
홈쇼핑에서 마스크 100장을 긁었다
신발도 아니고
이쁜 가디건도 아니고
조금 남은 샴푸도 아니고
이젠 일 순위 구매품목은 마스크다
미대 교수님이 마스크 자투리로
아주 견고한 의자를 만들고 있다
불에 녹으니 그냥 플라스틱이다
마스크란 존재는
바다 속에서 비닐봉투를 뒤집어쓰고
헤엄치는 물고기 같은
오늘을 사는 나는
마스크를 위해 돈을 벌고
마스크를 위해 돈을 지불한다
너를 편집 할 수 없는 두려움이 점차 커진다
어쩌면, 神이라 불리울 테지
유물처럼 발견되어

어느 박물관에 전시되어

누군가의 기다림을 학수고대하진 않겠지

칸나는 붉었지

이진해 · 사이펀 현대시인선 10

제2부

어떤 꿈

방 한가운데 두고 간 불꽃 한 덩이
두 손을 모으고 받은 모란 한 송이
시골 장터에서 사 온 푸른 무청 한 단
두 개의 꿈은 태몽이라고 가져가 버린다
로또라도 살까
詩 한 편 우려낼까
입을 봉해버린 꿈 하나
단군신화부터 재해석에 들어간다
아는 만큼 보이는 꿈은 요리조리 돌려보는 만화경 같다
까다로운 입맛부터
까칠하면서 태평한 성격까지
발도 못 빼겠다
내게 온 꿈같은 아이는
파르르 떨리는 눈썹 위의 눈웃음처럼
모르고 지나왔던 방긋한 어린 웃음을 줄꺼다
그 웃음을 기억하는 내 어린 날을 추억 할꺼다
아이는 또 다른 나
다시 해석하지 않기로 한다
파도는 긴 파문을 몰고 오느라 등이 솟구친다

녹슨 스프링

산당화꽃이 피지 않는다
바깥에 있는 놈을 혼자 보겠다고
화분에 옮겨 심었더니
뿌리부터 녹이 피었다
섹스도 사랑도 계절처럼 지나간다
우쭐대는 꽃잎처럼
우쭐대는 동영상을 펴 나른다
미투는 가볍거나 무겁다
인스타에는 자랑하고픈 사진들이 순서를 기다린다
산당화 가지는 녹슨 스프링이다
그들의 노래는 녹물이 설컹거린다
봄이다
꽃들은 우쭐댄다
꽃들이 공유하는 동영상에는 봄이 녹슬고 있다
장미의 뿌리이거나
동백의 뿌리이거나
그건 산당화의 것이 아니었다
훔쳐본 동영상에 뿌리는 질컹거리다가
설컹거리다가
발기하지 못한 녹물이 고인다

꽃은 봄바람에도 피지 않고

무릎이 덜거덕거린다

꽃을 포기하고 화분을 깨부순다

깨진 사금파리를 햇살에 둔다

잡초라도 피우려나

괜한 염려가 돋는다

보이지 않는다

바다가 보이지 않는다
창문을 열어도
베란다를 나가보아도
보이지 않는다
해풍을 따라 길을 걸어도
갈매기 울음은 날카롭다
알 수 없는 벌레소리가 들린다
이제 막 피는 수국은 잔뜩 이슬을 머금고
이제 늙어버린 인어공주는 새파랗게 녹이 슬고
보이지 않는 소리를 더듬어
너의 울음을 열어 본다
울음을 확인 하듯
바다로 나간다
앞사람도 보이지 않고
내 발자국은 누군가 파먹었는지
흔적이 없다
발자국을 보기 위해
나는 거꾸로 걸었다
시퍼렇게 울어대는 소리에
쿵쾅거리는 가슴

갈 수가 없다

안을 수도 없다

아! 어짜라고

파도가 나를 덮친다

그림자는 온통 물에 젖었다

칸나는 붉었지

파도소리에 눈을 비비네
동트는 시간이면
깊은 바다 속으로 자맥질하는
발걸음을 숨기는 것을 몰랐지
몰랐지
그림자 뒤에 숨어든 해바라기
까치발로 훔쳐보는
꽃잎은 언제나 필 듯 말듯
건너편 구두 가게에 박제된
구두 하나 잠깐 훔치기로 했지
그것이 덜미가 되네
굽이 너무 높았네
멀리 달아나지 못한 것은 구두 탓이야
스스로 한숨 같은 위안을 하면
붉은 토씨들은
불새의 붉은 혀처럼
마구마구 피었지
통통거리는 뱃고동 소리 흉내를 내듯
꽃잎은 바스락 바스락
귀를 닮은 고개를 내밀지

파도 소리만 들리지

붉은 혀는 달아나지 못하고

파도에 갇히네

지루한 해가 기울듯 눈을 감네

잠에 들기로 하지

굽 높은 구두는 구두 가게에 돌려주고

크고 단단한 잎 하나 파도 하나 바람 하나

붉은 저녁이네

길이 온통 붉은

그림자의 시간

밤이 되었다
별을 보려는지
달을 보려는지
밑줄 그어둔 책갈피는 답을 주지 않는다
야행을 한다
자꾸만 뒤돌아보게 된다
그림자는 네 개가 되었다가
그림자는 세 개가 되었다가
쳐다보는 나를 인식한 것인지
슬그머니 한 개가 된다
가만히 걸음을 멈춘다
불빛은 불빛
바람은 바람
손에든 커피는 흔들리고
검은 그림자는 아직도 검은 그리움
물그림자처럼 어른거리는 눈물
울어도 되나요
내 안에 들어온 그림자가 속삭인다
얼만큼 울어야 하나요
슬픔을 느끼려면

그림자처럼 시커멓게 타버린 속을 게우고 싶어요

언제나 내 안에 있는

오늘도 하나가 되는 그.림.자

울어도 되나요

詩를 거두다

두 돌을 보낸 아기의 입이 열리네
아니, 귀가 먼저 열렸겠지
아무도 모르게 듣고만 있다가
봄꽃이 화르르 피어나듯이
발분이 트이더니
상상도 못할 말들을 뱉고 있네
저 조그만 작은 혓바닥이
무얼 뱉을까 싶어
회전목마를 숨긴 길을 갔더니
아빠 차 타고 안가
단호히 내뱉는 말
결국, 손을 잡고 그 길로 걸어가네
단어를 뱉는 게 아니라
정확하게 문장을 구사한다
엄마 눈에 유주가 보이네
이렇게 말하니
대답에 대답을 놓치고 만다
그냥, 대충 끄적거렸던 詩들이
책갈피 속에서 괄호를 새기네
비닐하우스 같은 괄호 속으로
후숙을 핑계 삼아

물컹한 껍질을 펼쳐보네
냉장고 문을 열고
할머니 꺼 할머니 꺼
맥주 캔을 건넨다
우리끼리 희희덕거리며
마셨더니
엄마 하나만 따라
엄마 하나만 부어
답답하게 조여 오는 부끄러움인가
뒤엉켜진 활자들이
오타를 찍고 있다
생일 축하 노래 가사가 멈칫한다
우리 아빠가 아니라
우리 할머니가 아니라
우리 엄마가 아니었다
유주의 유주가 된다
그래, 그거야
우리가 아니야
가사가 틀린거였다
내 詩가 어쩜 흔들린다

구름에 새긴다

또, 눈물이 하루를 건너간다
황토 빛 먼지 같은 시간은
이름 없는 풀씨 곁에 눕거나
누군가의 해찰거림에 쓰러진 적도 있다
뭉그러진 손마디는
밤마다 하릴없이 자라나
망가진 어깨를 옭아 맨다
젖은 빈 터에는 검버섯이 피어난다
한 사발 정한수를 바친다
세상 어디서든지 배곯지 말라고
놋그릇에 하얀 쌀밥을 담는다
이제는 행방불명으로 기록되는 등본의 빈 공간
할매는 눈이 벌겋게 짓물러 있다
눈썹이 없어졌다
학도병으로 사라진 이름
삼백예순날 토정비결에는
만남의 날만 새겼다
하루, 하루가 천형처럼 죄스럽고 무거운
짓물러진 눈자위는 하늘을 본다
구름처럼 하얗게 떠오르는 얼굴
담장 위 불두화가 환하다

잿빛 물감이 배어든다

어린왕자의 장미나 왕관도 없다
성가신 바오밥나무도 자라지 않는다
탈출을 꿈꾸던 바람도 분화구에 쓰러지고
외로움에 창백해진 모습을 감추러
습관처럼 각을 도려내고
번잡스러운 별을 피해
애꿎은 사막의 도마뱀을 난도질 한다
하늘 가득 별이 쏟아진다
사막에서 덮고 잘 수 있는 것은 별빛뿐이다
해작거릴 수 있는 것도 버릴 수 있는 것도
도마뱀의 꼬리뿐이다
부르튼 발을 쓰다듬으면 서러운 눈물이 흐른다
비雨라는 이름과 한 보름 사랑을 나누었다
유랑하는 깽깽이 소리가 들리면
벗어날 수 없는 生과 滅의 시간에 알몸을 포갠다
바늘처럼 날카롭지도 않은 날카로운 꽃시계처럼
열두 달 이별의 자리에 아프게 박제된다
제 외로움을 흘리며 일렁대는 모래바람
젖은 그림자에 잿빛 물감이 배어든다
머리 어깨 무릎 팔
노래 속으로

노인의 시간

조금은 현명해진다고
창과 방패도 없는데
달려드는 무기력
영화도 즐겨 읽는 책도
속도가 느려지거나 지루해진다
자판기의 글자들을 자꾸 삭제 시키거나
소리 나는 편한 글자들을 두들깁니다
루지를 탔습니다
똑같은 출발선에서 밀려나고 주춤거리고
맨 마지막으로 들어오는 나를 기다리느라
안전요원이 안절부절입니다
번뜩이는 지혜만이 아직 있을까
안도의 염려는 콩나물발처럼
자꾸 자라나 엉겨서
통째 가위로 싹뚝 자릅니다
긴 여행이나
긴 기다림은 힘이 듭니다
아무도 눈치 채지 못하게 의연한 척을 해도
자양강장제를 건네주는 손이 고맙습니다
세월은 막을 수 없어

"그게 바로 허무야"

계절도 바람도 구름도 서서히

늙어가는 외로움과 두려움

그게 말입니다

아내를 잃은 물리학자처럼

외롭다고 광고를 낼 수가 없답니다

창피합니다

나의 시간이 외롭고 두렵다는 것에

노거수에 매달린 나뭇잎은

진짜로 푸릅니다

알 수가 없지만요

빠이쁘라인

꿈이 그렇더라

꽃 멍게를 먹는다

해석하지 못하는 시간이 멈춘다

까닭 없이 꾸는 꿈은 없더라

온 몸에 검은 사마귀가 뒤덮인다

무서워서 일어난다

얼굴을 꿰메고 있다

떠나간 사람들은 정령처럼

바람이 되거나 꽃잎이 되거나

나의 걸음을 따르는 그림자가 되거나

예지몽을 꾼다

빠이쁘라인이다

바람의 관을 타고 와서는

이렇더라

나는 지금 그 라인에 밀서를 보낸다

어처구니없게도 윗니가 빠진다

누군가 나의 몸에서 빠져 나간다

내 밀서는 전달되지 못하고

슬픔이 기다린다

루시드 드림- 꿈을 자각할 수 있는 꿈

그러면 나는 예언자가 될 터이니

이리저리 생각해 보아도

꿈은 개꿈을 꾸거나

장자의 나비가 되거나

여름이 錄音되다

아파트 지하에서 지상으로
도시의 골목마다 뿌려진 시멘트 가루
바람의 틈새도 메꾸어버린다
버찌인지 까마중인지
발로 으깨어 본다
검은 피가 보도에 얼룩처럼 번진다
도시의 건조한 바람
땀은 수밀도 과즙 같은 끈적함으로
몸 속 깊은 곳으로 교미를 한다
뜨거운 태양열만 수혈하는
매미의 울음, 여름을 점령한다
쇠를 두들기는 대장장이 같은
지칠 줄 모르는 시간을 만나서
하루 종일 울고 있다
금빛 날개를 꿈꾼다
토해낸 울음은 껍데기를 걸어둘
나무를 붉게 물들이고
열 받은 배롱나무 하늘 향한 반란을 도모하듯
거침없이 붉게 발기한다
백일의 시간을 빌린다

기억처럼, 나무의 몸속에 울음 하나 밀어 넣고
여름을 녹음한다
겨울 난전에서 오돌거리는 나무의 텅 빈 가슴에
들려줄 뽕짝 한 자락
오지기도 하다
득음을 한 울음소리
하늘로 내달아 무지개는
소나기 한 줄에 미끄러진다

화성으로 가자

어제는 추운 겨울이었다
하루 사이에 24도를 넘는 날씨다
비가 내리고 싹이 트는 雨水가
달력에 걸려있다
너무 오래 걸어서 닳아버린 무릎
너무 오래 닫혀서 굳어버린 말
너무 오래 갇혀서 기억이 가물한
돌무덤 아래 그대들
너무 오래 빛난 별들
너무 오래 떠 있는 달
너무 오래 숨 쉬는 바람
3만개의 데이터에 불과한
바이러스에 무너진 지구
가장 단순한 생명체가
가장 복잡한 생명체를 위협하고 있다
무형의 물질을 보지 못한
결국은 A1이 답일까
퍼시비어런스의 공포의 7분
화성의 바람소리
그런 기별이 왔다

거기, 누구 있나요
생명이 살 수 없는 붉은 행성이
지구인의 미래다
돈 있는 자들부터 집을 짓겠지
넷플릭스 영화처럼
우주를 떠도는 쓰레기는
총알보다 빠르다
유인우주선의 생명을 위협한다
또 다른 위성에 충돌하면
우주는 쓰레기로 넘쳐난다고 한다
우주를 떠도는 낡은 우주선을 수거하면서
미래를 미래라고 말할 수 있을까
칵테일을 만들듯이
바이러스를 섞어가며 실험을 하는
개자식들의 전과가 두렵다
아, 테스형*
세상이 왜 이래요

* 테스형 : 나훈아 노래

햇반의 시대

달이 기운 건지 달이 차 오른 건지
바다 속에서 찬바람이 부풀어 오른다
코가 맹맹하다
어깨를 감싼다
인디언 썸머를 즐긴다고 맨발로 나온 게 걸린다
편의점에서 따뜻한 음료를 산다
햇반을 손에 든 노인은 천원 지폐를 내민다
200원을 더 내라고 하자
노인은 두고 말없이 나가버린다
완벽한 레시피는 완벽한 계산에 갇힌다
백두산에서 맞잡은 손이 클로즈 업 된다
우린 언제 통성명을 하였는지 모르겠다
적당한 기울기가 좋아 소파에 몸을 누인다
잃어버린 천지 물을 빈 병에 담는다
스포트라이트가 푸르다
어딘가에 떨어진 햇살을 살핀다
노인이 두고 간 햇반이 천지에 둥둥 떠다닌다
시간은 갇힌 듯 하다가 출렁거린다
배경화면처럼 자꾸 눈에 밟힌다
기억은 너무 멀고 허기는 위장을 후벼판다

속을 채워줄 햇반을 데울
따뜻한 온도가 필요하다
저고리 단추 하나는 떨어질 듯 대롱거린다
실과 바늘은 지금 없다

장미 같은 꿈

장미 한 다발의 붉은 시절은 낙엽이 되어 베란다 난간에 걸려 있다 아슬아슬하다 내게 오던 장미의 꿈이었다 꿈은 이루는 게 아니고 꾸는 거라 했다 꽃잎 피울 때 꿈꾸었겠지 누군가의 웃음이 되고 기억이 되기를 여린 잎사귀 떨어질까 밤새도록 가시를 키웠지 실은 손톱이 닳도록 온몸을 긁어댔지 날개가 돋아날 것처럼 두근거렸지 모두가 가시를 두려워했지 기뻤다 담장 낭떠러지를 벗어나고 싶었지 온 몸을 옭아매는 줄기를 거부했지 길은 앞서간 그림자의 흔적이다 밤마다 꿈은 변한다 길은 또 있다고 덤불을 걷어낸다 걷어낸 이불자락 속으로 바람이 들어온다 버리지 못하고 매달아 놓은 장미꽃다발에도 꿈이 있었다 후회한 적도 있다 그래서 꿈이라고 위로를 한다 살아가는 게 힘이 들 때 더러 아까운 꿈 하나 위로가 되기도 한다 다른 길을 다른 꿈을 살핀다 잠은 꿈을 위로한다 그런 거다 꿈이란 게 서러워서 걸어놓기도 하고 서러워서 밤새 몸 뒤척거린다

제3부

시장 골목

궁금한 시장 골목을 바람처럼 지나간다
맨땅에는 어제의 여행길이
그을음이 되어 먼지처럼 쌓여 있다
프라스틱 동그란 의자는 사라진 공중에서
마술처럼 붙어 버렸다
일어서는 것이 불편하다
바람처럼 살아가는
바람처럼 살아가야만 하는
하루를 위해 검은 비닐봉지가 입을 벌린다
가라앉은 물빛에 헛물을 켜는 수족관 아가미들
시들어가는 수초들
얕은 물살에 매달린다
속타는 가슴이 증발한다
붉은 그물자루를 빠져 나가는 감당할 수 없는 온기
좌판의 싸구려를 뒤집는다
골목을 헤집는 길고양이들 그르렁거리며
저문 불빛에 눈알을 굴린다
종일 숨죽인 바람이 떨이를 외친다
검은 비닐봉지를 뒤집어 쓴다
오늘도 바람이 어두웠다

같이 삽시다

꽃이 다 지고 난 때죽나무에는
종모양의 열매가 자란다
얼핏 보면 같은 열매 같지만
때죽나무의 의지와 상관없이
벌레를 품은 또 다른 열매가 공생을 한다
같이 삽시다
유행가 가사는 언제나 옳다
같이 사는 것처럼
손을 잡아도 뒤돌아 서기 전에
아니 손을 잡은 그 순간부터
가짜 열매는 싹을 틔운다
세상은 그렇다
날마다 새로이 익어가는 열매를 구분하지 못해
도로아미타불이 되는 시간들
어느 순간 허리를 펴라는 빈 잔소리를 듣는다
내 의지와 상관없이
공생하는 시간이 남긴 열매다
한숨이 자라고
슬픔이 자라고
웃음이 자라는

굽어진 허리에 공생하는 시간들
그것도 두 다리에 힘을 주는 가짜 공생들이다
탁란이다

무겁다

이사를 하다보면 책들이 버려진다
무거워서 아무도 들지를 않는다
책의 제목이 있는 쪽이 등이다
배를 가르듯 펼쳐지는 쪽은 배라고 한다
책을 사람에 빗대는 것이다
요사이는 새 책을 사는 것보다
책의 등을 어루만지다가 손이 가는 책을 펼친다
가물거리기도 하고 생각이 멈추기도 하고
어쩌면 등 떠밀려 등을 내보이거나
등을 숨기거나
수없이 배를 갈라도
욕망 취향 아픔은 어쩔 수 없이
짊어져야만 하는 등짝의 무게였다
조금씩 버린다
오래된 책들
오래된 장신구들
오래된 그릇들
오래된 이불들
하지만 그 자리가 허전해 다시 채우기도 한다
주로 책들이 그러하다

등이 무거우면 아프다

등이 가벼우면 휘청거린다

'서가'와 '십자가'의 가는 모두 시렁 '架'를 쓴다

비워도 채워도 아프다

마지막 장을 덮으면 또 아프다

그리고 그 다음에는

전에 읽었던 책을 또 구입한 게다
첫 장을 넘기는데 벌써 익숙한
다음 문장이 앞서고 있다
치매인가
단기 기억상실증인가
이건 취향 탓이다
좋아하는 작가
좋아하는 스토리
어쩜 변하지도 않는지
초등친구를 몇 십 년 만에 보았다
버스 안에서
그래도 확신이 들더라
친구가 맞아
50년 만에 보는 친구도 변하지 않았고
나를 알아보는 친구의 눈에도 그러하리라
변하지 않아서 좋은 것도 있지만
좀 변했으면 하는 구석도 있다
옷을 고르든지
먹을 것을 사든지
책을 사든지

전시회를 가더라도
늘상 듣는 말은
그래 너 답다
그래 여전하구나
어쩌면 과한 변명 같지만
민족성이나
가족 간의 습성이나
변하지 않는 거

변할 수 없는 거
그게 무식하고 단순하고 투박해도
꽃의 이름을 다르게 부르듯
큐빅처럼 정확하게 맞추지 않아도 설명되는
그리고. 그다음에는 그냥
물음표 없이 살아가는 것이다

그곳은 안태고향이다

웅천읍성은 안태본이다
다섯 살 계집아이에게 성벽은 늘 높았다
사내들의 무등을 타곤 했었다
발밑에 채이는 이상한 귀퉁이들은
아버지의 술주정으로 깨진
엄마의 한숨을 담은 듯
까슬거렸다
성벽은 높았다
나무는 너무 울창해서
저들끼리의 알고리즘을 만들곤
해마다 푸른 말을 뱉었다
그리곤 쉼표 같은 꽃잎도 매달렸다
붉은 먼지를 날리던 신작로는
눈을 감게 했다
그래서인가
보고픈 이들은 눈을 감아야 보였다
이름값을 매긴 웅천읍성
成안의 동네는 성내동
그곳은 안태본이다
왜구를 물리친 적도 없고

소꿉놀이를 했던 도자기 조각들

끝내 어려운 퍼즐처럼

잃어버린 조각 하나

아버지는

꿈속에서도 뵐 수가 없다

파아란 하늘에 길게 꼬리를 늘어뜨린

구름은 날 어디로 데려갈까

추억도 기억도 이제는 너무 멀다

하늘이 푸르다

나는 여전히 조그만 계집아이다

빵은 휴식이다

허기를 달래기 위해 빵를 사지는 않는다 지나가다 생각나는 맛있는 빵집을 보면 자연스레 들어가게 된다 중앙동에 갈 일이 있으면 인생 빵집 백구당을 꼭 들린다 우리 동네는 워낙 유명 빵집이 많다 한동안 즐겨가곤 했는데 관광객들이 너무 많이 와서 유명세를 치르느라 베리가 들어갔거나 금가루가 뿌려지거나 생과일에 코팅 시럽이 반짝거리는 컵케익이 많아졌다 목욕 후에 들러는 빵집이 생겼다 이유는 간단하다 목욕하는라 지친 엄마에게 효도랍시고 빵을 사드린다 유기농 재료를 사용하는 곳이지만 손주 놈이랑 의사전달이 미흡했던 어른이 계산을 끝낸 빵을 다른 빵으로 바꾸자 돌려 받은 빵을 진열대에 올리지 않고 칼로 자른 후 쟁반에 담아 안으로 가져 간다 이유를 물었더니 포장을 해서 반품된 빵은 다음 손님에게 다시 팔지는 않는다는 주인의 철칙이 마음에 들었다 다만 값이 비싸서 한 두 개만 사곤 한다 허기보다는 여유를 가지게 되는 빵을 먹는 시간이 좋다 갓 구운 빵냄새가 좋다 납작한 슬리퍼란 뜻의 감자를 갈아 넣은 치아바타를 좋아한다 바게트보다는 조금 부드럽고 구멍이 숭숭난 빵을 좋아한다 식구들은 이런 빵을 싫어 한다 생크림이나 슈크림이 들었거나 단팥이거나 부드러운 카스테라를 좋아한다 한

때는 아이들을 위해 카스테라를 열심히 구워내기도 했다 그들이 자라 서로의 입맛이 달라지는 덕에 흰자 거품을 내는 힘든 작업도 사라졌다 빵집에서 빵을 고르거나 모양을 보거나 냄새를 맡고 있으면 넉넉하게 하루를 보낸 것 같아 하루의 말미가 행복해진다 커피에 우유를 잔뜩 넣고 빵을 먹는다 사는 맛이다

옛날이야기

여의주를 가지지 못한 용이 있었지
제물로 바칠 염소 한 마리
품었지
잘라도 자라나는 뿔 위에
붉은 모자를 씌웠지
밤낮으로 달리는 말을 키웠지
꼬끼오 소리도 없는
암 닭 한 마리
기타를 둘러 메네
용을 이기려고
말은 달리고
모르는 척 사바나의 초원을 꿈꾸는
염소는 하얀 수염이 자라네
기타는 더 깊은 소리를 찾아떠나네
문간을 지키던 아주 늙은 개는
찰밥 한 덩이 너럭바위에
던지라고 소원을 비네
원죄를 사하노라 뱀이 기어드네
대웅전에 머리를 조아리네
공양간에 밥물이 뚝뚝 떨어지네

돼지가 냄새를 맡느라
코를 벌름거리네
점잖은 소 한 마리
기타의 깊은 소리처럼
음메 하고 울고 있네
기타의 선율이 좋은 곡조로 변조를 하네
옛날 옛날에

장마

장마라고 합니다
남쪽 커다란 섬에서 올라온다고 합니다
물놀이 계획에 밤새 내린 빗물이 스며듭니다
찰방거리지도 않고
출렁대지도 않는 거실 한복판에서
튜브를 던집니다
아주 편하게 누워봅니다
발끝이 저립니다
준비운동을 하지 않았네요
짓물러진 봉숭아꽃 옆에 늦은 분갈이를 한
화분을 두었더니
밤새 누군가 물빛 화분을 가져갔네요
게시판에 CCTV를 확인 하겠다고 뿔을 올렸더니
분갈이한 꽃은 다 사라지고
텅 빈 물빛 화분이 게시판 아래 있네요
화분 속의 꽃들은 다 사라지고 말입니다
장마라니깐요
불어터진 조각난 지렁이들이 꿈틀대는데요
무엇을 치받아야 할까요
저항할 뼈다귀가 없는 물처럼 길을 내는 뿔입니다

장마라니까요
먼 남쪽에서 올라온다네요
제습기에 붉은 불빛이 켜지네요
물통을 꺼냅니다
수채 구멍으로 버립니다
하얗게 길을 내던 민달팽이가 떠내려갑니다
아무것도 치받지 못하고

낙원상가

낙원상가에 가고 싶었다
서울에 있는
비둘기의 서식처가 된
그곳에 가고 싶다
4월의 꽃바람 속으로 떠나는 사람들
그리움은 영원할까
이별의 시간은 영원할까
그곳은 낙원상가 인가요
살아남은 자의 눈물은 모래시계 같다
눈물이 마르면
누군가 친절하게 뒤집어 준다
낙원상가의 오래된 전축이나
낡은 기타에서는 블루선데이가 흐르고 있나요
배경음악처럼요
낙원상가에 가봐야겠다
비둘기 울음소리 신호로 하지
그대 잠깐 높은 음이나
아주 낮은 중저음으로 허밍을 해 주오
누군가 버린 단단한 콩깍지에서 꼬리가 나오듯이
그 잎 자라 잭크의 콩나무가 되어

거기 다다르는 사다리 되는

낙원상가에 가고 싶다

무엇이 그리운가

나는 손이 참 예쁘다
나는 예쁜 손이 좋다
손가락에 집착한 작가를 한때는 좋아했다
그가 난도질 당할 때는 슬펐다
여름이면 제일 먼저 봉숭아가 피길 기다린다
장미를 거쳐 수국을 지나고
능소화가 담장 아래로 하나둘씩 떨어질 때면
그 작고 여린 가지는 붉은 작은 그리움이 송이마다
가득하다
개미를 털어내고 한잎 두잎 따다가
콩콩 찧어서 나른한 시간을 베고 손톱 끝에 올린다
밤을 이겨야 한다
해마다 시행하는 이 의식은 뭘까
눈이 내릴 때까지 손톱 끝에 남아있으면
첫사랑을 재회한다는 망상에 빠진 걸까
손을 잡기도 떨렸던 그 사람이 그리운 걸까
나는 무서운 거다
너무 늙어서 이것조차도 못하거나 싫어지거나
그런 시간이 두려운 거다
18개월 손녀가 내 손을 잡고 이쁜지

이손 저손을 바꿔가며 어어거린다

이쁜 거다

딱히 돈이 들거나 시간을 거꾸로 돌려

조용히 손톱 끝에 추억이나 기억을 두는 게 좋다

이제 동지까지 두었으니

당분간 이 놀음도 계속 될 것 같다

허공에 매달린

허공에 매달린 묵언 하나
깃발처럼 나부낀다
이 골목 저 골목의 꼬리를 붙잡는
노랑노랑 고양이 꼬리이거나
이 허공 저 허공을
콕콕 물어 나르는 새들의 글귀이거나
눈雪 속에 툭툭 점미사처럼 떨어지는
매화 꽃잎이거나
처마 끝에 매달린 눈물 같은 느낌표이거나
버려진 낡은 의자의 기우뚱한 물음표이거나
문장이 사라진 바람 빠진 자전거 바퀴이거나
파도에 휩쓸린 물거품 행간들
토씨들은 흔들리거나 사라지거나
어느 담장에 숨어들었다
그것이 담쟁이인지
단풍들 때까지 알 수가 없었다
밑줄 긋지 못한 허공은 차가웠다
바람이 조급하다
하얀 날개를 달고 날아오르는
박주가리 문장을 염탐한다

여름날을 기억하는 꽃들의 비행은
또 다른 행간의 깃발이다

숲이 그렇다

숲이란 글자를 쓰는 게 그렇다
ㅍ은 항상 휘어지거나
저 혼자 숲속에서 팔장을 끼고 있다
속을 알 수 없는
파르테논신전처럼 어쩌다 엄숙하다
가끔 새는 숲의 마음처럼 울어댄다
그리고 꽃도 피거나 떨어진다
미처 감추지 못한 마음이
물 위를 가득 덮은 떨어진 낙엽처럼 불어터지고 있다
한 꺼풀 들쳐 내면 ㅍ이 그물 같은 격자무늬가 된다
거름 냄새 풍기는 속을 주름진 손으로
긁어본다 축축한 암각화다
숲을 쓰다 보면 자꾸 갈겨쓰고 싶어진다
한번 쯤 문을 확 열어젖히듯이
의도와 다르게 ㅍ은 고집스레 입을 다문다
화약처럼 팍팍 터지기도 한다
나를 숨겨놓은 뒤주 속 같다
어디서 사도세자 우는 소리 같다
가끔 이명처럼 울리는 바람이 그렇다
처음처럼 떨리기도 한다
용암처럼 끓어 넘치기도 한다

흑백사진

문풍지로 동여맨 창틀
동족에서 서쪽으로 떨어지는 햇살
숨이 짧다
흙빛으로 말라버린 수세미 잎들이
바스라지지도 못하고
小寒 바람에 입을 다문다
(숨 거두어버린 어미의 빈 젖을 물고 있는
포화속 아이의 검은 눈망울에
어미의 눈물이 얼어 붙었다)
한겨울의 흙빛 수세미
얼음같은 돌담에 박제 되어 있다
말라 비틀어진 줄기에는
봄, 여름, 가을, 겨울의 기억이 시들었다
보채는 씨앗들에게 시시콜콜 들려주고
또 들려주는
죽은 기억을 되살리고 있다
늦은 바람에도
푸석대는 잠꼬대는
푸른 잎을 한사코 감싸고 있다

칸나는
붉었지

이진해 · 사이펀 현대시인선 10

제4부

다시 피는 꽃

미군 병사가 가져간 그 꽃은
이름을 미스김 라일락으로 불린다
아무것도 있지 않음을 견디며
아무것도 아닌 고통을 견디며
바람과 태양을 따라 숨쉬고
꽃을 피웠다
살아남았다
노승은 평생을 일본목련을 후박나무라 믿었다
후박나무로 불리우고 가꾸었다
불리우는 대로 불리우고
불리우는 대로 기억되고
모습이 비슷한 꽃들이 많다
일본목련, 후박나무, 산딸나무
어떻게 부르던
꽃을 좋아하는 마음이다
마디마디 물관을 열어 꽃을 피운
바람에 흔들리는 기억만으로 꽃을 피운
바람소리에 다시 꽃을 떨구는
봄날이 간다
다시 꽃이 핀다

봄 내려온다

봄 내려온다
봄이 내려온다
예전에는 미처 몰랐어요
봄이 내려오는지
범이 내려온다는 이날치의 노래를 듣는 순간
아, 봄은 내려옵디다
뚜꺼운 모피를 내리우고
치렁한 머리칼을 가위로 자르면
꽃잎처럼 떨어집니다
깊은 한숨과 눈물이 스며든
검은 꽃입니다
봄비를 내리우고
꽃망울을 내리우고
다 피어난 꽃잎들을 내리우고
봄바람 소리가 귓전에 내리우고
꽃잎소리 들으려
귀를 기울인다
그래, 봄이 내려온다
아이의 웃음이 봄처럼 뒹굽니다
발걸음 가득히

봄이 내려옵니다

해당화처럼

목단꽃처럼

파도가 달려옵니다

봄날, 기침

희뿌연 저녁 그을음 같은

입술의 각질을 뜯는다

말言들에 피가 배어든다

몽롱한 현자 타입 같은

사월 저녁은 조금은 지루한 봄옷을 거둔다

여름 옷장을 열어본다

어둑신한 구름 걷어내며

발꿈치 간질이는 구름 먼지

흔적조차 없는

봉숭아꽃잎 손톱을 지나

간지러운 눈目을 감아본다

그을음이 앉은 안경을 닦는다

텅 빈 창문을 가린 아파트 가림막들

적당한 풍경을 찾을 수 없다

해바라기 그림에 손 청소를 한다

아이가 담벼락에 해작질한 꽃그림

'나무를 배지 마세요'

서툰 마음이 곱다

그래 그럴께

그냥 꽃처럼 바라본다

어린 속눈 밝은

미소가 꽃처럼 번지는

아직 읽어보지 못한,

아이들은 꽃으로 소꼽놀이를 한다

붉은 장미 꽃잎이
봄바람처럼 흩어져 있다
풋내 나는 매실 몇 개
깻잎 몇 장
깨진 벽돌 세 개
깨진 사금파리
깻잎을 돌돌 말아
하얀 토끼풀로 묶어 놓았다
무슨 반찬일까
햇살이 스며든다
뚜껑이 없는 텀블러에 노란
민들레 두 송이 꽂혀있다
아이들의 소꼽놀이는 정직한 시간처럼
정직하게 움직인다
누가 가르쳐주지 않아도
놀이를 터득하고
찧어서 밥을 하고
반찬도 만든다
뜸이 든 밥알처럼 재잘재잘
뜸이 든 밥알처럼 쫀득쫀득

웃음꽃이 터지는 밥상을 차린다

지나던 바람이 목수국을 흔든다

바람을 피하려 허리를 숙인다

바람의 중심을 알지 못한 허리가 기우뚱한다

붉은 꽃잎 몇 장

소리없는 花葬을 한다

사월 정사

아름다운 꽃들이 눈 뜨며
사랑한 그 밤에는 눈이 내렸다
꽃들이 난분분하다
숨을 참느라
허기진 나는
숨을 몰아 뱉아버린다
움켜진 손가락을 펼친다
화피 같은 것들이 허물처럼 벗겨진다
봄날이 비틀거린다
황사가 앞을 가린다
낡은 책들이 서성인다
시퍼렇게 불뚝불뚝 솟아나는 봄의 말들
봄비처럼 자판을 기웃거린다
풀씨 같은 것들이 봄의 아랫도리에서
겨울옷을 벗는다
숨겨진 틈새에는 숨겨진 골목길이
삐뚜름하니 구부정했다
걸음을 멈춘다, 붉은 산다화 목을 꺽는다
情思가 끝난 찢어진 꽃잎은
낭창거리는 대목에서 한번 더

목을 꺾고 낭창거린다

들숨은 수탁의 목처럼 휘어진다

점점 세게

팔각정 탑 어디쯤에서 불을 지핀다
날리는 눈발을 지핀다
나비처럼 봄으로 가는 꽃과 나무들
입술을 오무린다
최대한 따뜻한 온기를 지핀다
공작새 날개를 펼치듯
가지들이 춤사위를 춘다
오늘 아니면
내일 아니면
한 잎씩
한 잎씩
마지막 꽃잎을 채우는 구구소한도
홍매화의 눈시울이 붉어진다
손끝이 까닭 없이 저려온다
불전사물이 깨어난다
고드름이 녹아내리는 처마 끝
아궁이의 불은 뜨거워진다
밥물이 뜨겁게 흘러내린다
굶주린 봄이 솥뚜껑을 연다
지상의 모든 것들이 덩달아 솥뚜껑을 연다

홍매화가 앞장서 길을 간다

홍매화가 밥물처럼 흘러넘친다

아궁이에 확확 붉은 봄이 타 오른다

목줄기의 울대가 길어진다

말소리는 자꾸 앞장선다

크리센도로 우는 북소리가 있다

창문 속에 바다가 있네

13층 작은 유리창에는
아침 해가 뜨면
창문 속으로 바다가 들어온다
파도가 넘실대는 창문은
때로 왼쪽으로 기울고
왼편 옆구리를 지나 요트가 달리고
갈매기는 오른쪽에서 날아간다
어느 날 내 창문에 갇힌 바다
반짝거리며 출렁이고 있네
창문 가득 바다가 누워 있네
작은 창의 바다에는
작은 창만한 바다를 끼고 있네
파도를 타고 오는 먼 곳의 파도는
모래알처럼 반짝반짝
해변에 다다른 커다란 파도는
몽돌처럼 단단하게 반짝반짝
작은 창문과 큰 창문 사이
푸른 숨을 들이키는 고래 떼
꼬리지느러미에 깨지는
왼쪽 창문에는 오늘도
고래가 숨을 토하는 푸른 바다가 있네

청춘

그림자처럼 뒤를 밟으며
담벼락에 숨어 엿보더니
그림자는 하나 둘 늘어나더라
쉼표처럼 가끔씩 투정질을 하더라
그리움에도 끝이 있더라
눈물의 동의서는 구차하고
질투라고 하기엔 가소롭고
주렁주렁 매달린 사랑타령
시원한 맥주 한 캔에 우우 몰려들고
피할길 없이 사라지는 거품
움직이는 청춘
테마파크 비밀의 상술이야
봄이면 피는 꽃들은 이기적이거나
이기적이지 않거나
아무렴 어때
꽃만 피면되는 걸
한 사람에게 하나씩 주어진 캡슐이야
주머니에 숨겨 두어도
사라져버릴꺼야
지루 할 틈이 없지
비눗방울처럼 톡톡 터지는 무지개라니깐

천지 가득 雪이더라

천지는 온통 하얗더라
천지는 눈雪의 설날이더라
허공과 눈구덩이 사이가 빈틈없는 축제더라
키보다 높은 얼음벽은 차갑지 않더라
다초점렌즈를 두고 왔다
한 곳만 바라보는 내내 비문증처럼
눈에는 검은 얼룩이 생기더라
깨문 손톱사이로 초생 달이 보이더라
천지 하늘에도 초생 달이 떠 있더라
키보다 높은 얼음벽에 손을 넣어도
그냥 훈훈한 설이더라
이런 뜨거움은 낯설더라
내 몸이 뜨거운지
분간 할 수 없는 아득함이 되더라
천지를 가로지르는 새의 날개를 빌어
연날리기 하고 싶더라
철책을 걷어차고 싶더라
아무리 셔터를 눌러대도
셔터는 셔터일 뿐 그 마음을 열 수가 없더라
천지는 하얗고

그 속에 몸을 누인 시간들
설날 햇살을 다듬고 있더라
제 몸을 얼음구덩이에 가둔
천지는 아직도 뜨거운 설날이더라

꽃의 항변

무수한 시간들을 지나왔으리라
무수한 곤충들의 입맞춤을 받아왔으리라
가루받이를 하고
씨방을 털어내고
바람을 타고 날아다니고
어딘지도 모르고
더러는 개미에게 물리고
더러는 빗물에 떠내려가고
더러는 무자비한 뽑힘을 당하고
그런 시간들을 지나왔다
시인이 시를 읽으면서
뒤돌아서서
저주를 퍼붓고
음해를 하고
조물주의 공로일까
독한 제초제에 내성을 키운 가래톳일까요
어둠은 어둠 속에 빛을 숨기고
오래된 명자나무 화분은 흙을 갈아 엎었다
길가의 꽃들은 봄을 튀우는데
더디게도 잎을 튀우지 않는다고
조바심이 났다

청사포 1

처음으로 푸른 집을 가졌지
처음으로 꼰빠냐를 마셨지
낮은 지붕은 온통 바다 빛이었지
바닷길에 주단을 깔고
그렇게 해는 지지 않았지
따스한 너의 등처럼 숨소리 가득한 노을이었지
작은 고동과 따개비는 멋진 놀이감이었지
이제 너무 자란 음표는 통통 튀며
제 걸음을 올리거나 내리거나
분주하다
칸나처럼 붉은 피가 흔들리던 바다
이제는 거실 한켠에 두기도 하고
베란다 밖에 슬쩍 던져두기도 하는
푸르구나
붉음 따위는 제값을 주지도 않고
푸르디 푸른 바다 속을 헤엄치는
고래를 사랑하는...

청사포 2

읽고 나면 많은 것이 보일까
절대로 모르는 파도의 속내
펼쳐보면 들리려나
눈을 감게 되는
파도의 웃음소리
어쩌면 날마다 파도는 오르락 내리락이다
증거가 없다고 우기네
책을 접는다
몰라서 울어대는 너를 달래지도 못하고
그냥 보다가 걷다가 보다가
붉은 칸나가 니 마음인 줄
알아버린 그날
육지로 밀려난 배들의 닳아빠진 엉덩이를 보았디
관종이야
팥빙수 같은 속내는 녹아내린다
이것저것 감추어도
결국에는 아주 약한 물결이야
두 눈을 뜨고 지켜보는 등대는 풍경이야
아무것도 허락하지 않는 너를 닮은 풍경이야
붉은 칸나 태풍에 제 몸을 청소하듯

모두 꺾이어

파도의 흔적처럼 보이지

그렇게 보이지

따뜻한 커피를 또 마시지

태풍 속에서 마셔버린 빙수는 온통

얼음조각이야

등을 타고내리는 서늘함이야

따뜻한 커피를 또 마시지

파도

파도는 숨겨놓은 말言들의 지느러미같다
때로 하얗게 뒤집어 보는
때로 시퍼렇게 멍이 드는
갓난쟁이의 말은 혀끝에 녹아드는 달콤한 과자 같다
갈매기의 말은 새우깡을 낚아채는 비명같이 사라진다
청포도가 주렁주렁 매달리면
밤새 고개를 세워 봉숭아꽃물을 들인다
내 말은 항상 붉거나 어둠이다
겨울을 기다리면서 파도 하나 물들인다
쿠쿠의 말은 밥을 잘 저어 주세요
밥알에 스며든 파도는 구수하다
새벽녘 아파트 실외기는 말을 뱉느라 허걱거린다
끊임 없이 돌아가야 하는 말들은 습기차고
눅눅한 말들을 쿠쿠거린다
틀니를 빼버린 엄마의 말은 자꾸 토씨가 달아난다
하나쯤 주워도 어느 말에 끼워 넣어야 할지 눈치를 본다
목욕통 바구니를 들면
엄마가 앞서 간다
탕 안에서 파도소리는 탕 속으로 발을 뻗는다
모처럼 누워보는 말이다

등을 밀어준다

오늘도 성난 파도는 하수구로 빠져서

다시 파도에게로 달려간다

파도가 솟구치거나 등을 보여도

그러니, 파도는

가만히 바라보아야 합니다

칸나는 붉었지

이진해 · 사이펀 현대시인선 10

| 시집해설 |

코로나 펜데믹 시대의 시 쓰기

황치복(문학평론가)

코로나 펜데믹 시대의 시 쓰기
– 실존과 자연, 혹은 인공 자연의 시세계

황치복(문학평론가)

1. '그림자', 혹은 고통의 축제

이진해 시인은 부산에서 태어나 2008년 《새시대문학》, 2016년 《불교문예》 신인상으로 등단한 후, 시집으로 『쉼표는 덧니처럼』, 『사라지는 틈』, 『왼쪽의 감정』 등을 발간한 바 있다. 그동안 이진해 시인은 이러한 시집을 통해서 현란하고도 속도감 있는 이미지의 비약과 충돌이라는 작시법을 통해서 일상의 현실에서 발견할 수 없는 경이로운 시적 세계를 창출한 바 있다. 즉 시인은 이질적인 사물들이 서로 공존하고 병치되는 콜라주라든가 몽타주, 혹은 데페이즈망dépaysement 같은 기법들을 활용하여 사물들과 이미지의 기괴한 만남을 조성하고, 그러한 조우를 통해서 단조로운 현실과 일상에 균열과 간극을 만들며, 그것을 통해서 인공적인 새로운 시적 세계를 구축하는 경향을 보였다고 평가할 수 있다.

이번 시집에서도 작시법의 측면에서 이러한 경향은 반복되면서도 내용적으로는 좀 더 시대적 상황을 반영하여 코로나 펜데믹이 불어온 삶의 변화와 사고의 변화를 추적하는 시편들이 주류를 이루고 있다. 하지만 기존에 시인의 관심사였던 '바다'와 '파도'의 이미지가 함축하고 있는 정동의 세계라든가, '그림자'와 '붉음'의 색채 이미지가 환기하는 삶의 고통과 열정의 세계, 그리고 자연이 함축하고 있는 역동적인 생명의 세계 등이 시인의 관심을 사로잡고 있다. 시인이 구축하고 있는 이러한 시적 세계에 대해서 차례로 살펴볼 것이지만, 우선 실존적 삶의 신산함과 고통에 대한 이야기를 담고 있는 시편들의 세계로 들어가 보자.

꽃이 다 지고 난 때죽나무에는
종모양의 열매가 자란다
얼핏 보면 같은 열매 같지만
때죽나무의 의지와 상관없이
벌레를 품은 또 다른 열매가 공생을 한다
같이 삽시다
유행가 가사는 언제나 옳다
같이 사는 것처럼
손을 잡아도 뒤돌아 서기 전에
아니 손을 잡은 그 순간부터
가짜 열매는 싹을 튀운다
세상은 그렇다

날마다 새로이 익어가는 열매를 구분하지 못해
도로아미타불이 되는 시간들
어느 순간 허리를 펴라는 빈 잔소리를 듣는다
내 의지와 상관없이
공생하는 시간이 남긴 열매다
한숨이 자라고
슬픔이 자라고
웃음이 자라는
굽어진 허리에 공생하는 시간들
그것도 두 다리에 힘을 주는 가짜 공생들이다

—「같이 삽시다」 전문

시인의 인생관이 담겨 있는 시이다. 산다는 것은 "때죽나무의 의지와 상관없이/ 벌레를 품은 또 다른 열매가 공생"하게 된다는 것, 그래서 우리의 인생이란 "내 의지와 상관없이/ 공생하는 시간이 남긴 열매"을 감내해야 하다는 생각이 잔잔하게 펼쳐지고 있다. 우리 삶은 꼭 우리 의지대로 되는 것은 아니며, 어떤 운명의 힘에 의해서 이끌려가게 되어 있고, 그래서 그 과정에서 원치 않는 결과를 산출할 수도 있다는 것을 인정하고 수용하는 것이다. 이러한 심리적인 메커니즘이 "같이 삽시다"라는 어구에 응축되어 있다. 실패와 좌절, 혹은 실수와 오점으로 점철된 우리 인생의 어두운 그늘을 우리 삶의 일부로 승인하고 그것을 받아들이는 태도를 강조하고 있는 것이다.

그런데 그처럼 원치 않는 결과물은 어떤 점에서 삶의 중요한 정동(情動, affects) 측면을 담당하는 중요한 것인지도 모른다. "공생하는 시간이 남긴 열매"에서 "한숨이 자라고/ 슬픔이 자라고/ 웃음이 자라는"이라는 구절에서 추론할 수 있듯이, 그것은 한숨과 슬픔과 웃음이라는 우리 삶에 매우 중요한 정서적 영역의 잉여물들을 산출하기 때문이다. 시인은 「그.렇.다」라는 시에서는 "밖으로 새어 나오는 옹이들의 신음소리/ 삐그덕 삐그덕 마른 소리를 한다/ 되돌아가던 바람 한 올/ 풀코스의 마지막처럼/ 물기 없는 관절을 건드린다/ 물기 마를 날 없던 날들이,"(「그.렇.다」)라고 하면서 상처의 흔적인 "옹이"의 고통을 "물기 마를 날 없던 날들"과 연관시키며 우리의 삶이 원치 않는 것들이 정서적 산출의 계기가 될 수 있음을 암시하고 있다.

이 시에서 가장 주목되는 대목은 "같이 삽시다"라는 제목에서도 알 수 있듯이 "벌레 먹은 또 다른 열매"와 함께 공존해야 한다는 것이다. 밝고 환한 영역만이 우리 삶의 전부가 아니며, 어둡고 음습한 영역 또한 중요한 우리 삶의 일부를 이루는 것으로서 그것을 수용해야 한다는 것이다. 이러한 생각은 삶을 단순한 평면이 아니라 음영을 지닌 입체로 수용하고 있음을 의미하는데, "등이 무거우면 아프다/ 등이 가벼우면 휘청거린다/ '서가'와 '십자가'의 가는 모두 시렁 '架'를 쓴다/ 비워도 채워도 아프다/ 마지막 장을 덮으면 또 아프다"(「무겁다」)라는 표현에서 그러한 인식의 구체적인 이미지를 얻고 있다. 우리 인생이 짊어지고 가야 하는 짐은 무거워도 가벼워도 안 된다는 것, 비워도 채워도 정답이 아니라는 것, 그래서 양가성을 인정하고 중도를 인정해야 한다는 것인데, 인용한 시에서 "공생"이라는 시어가 바로 그러한 세계관을 함축하고 있다. 인생의 양가성, 혹은 음영의 입체성을 가장 잘 보여주는 이미지가 바로 '그림자'일 것이다.

밤이 되었다
별을 보려는지
달을 보려는지
밑줄 그어둔 책갈피는 답을 주지 않는다
야행을 한다
자꾸만 뒤돌아보게 된다
그림자는 네 개가 되었다가
그림자는 세 개가 되었다가
쳐다보는 나를 인식한 것인지
슬그머니 한 개가 된다
가만히 걸음을 멈춘다
불빛은 불빛
바람은 바람
손에든 커피는 흔들리고
검은 그림자는 아직도 검은 그리움
물그림자처럼 어른거리는 눈물
울어도 되나요
내 안에 들어온 그림자가 속삭인다
얼만큼 울어야 하나요
슬픔을 느끼려면

그림자처럼 시커멓게 타버린 속을 게우고 싶어요
언제나 내 안에 있는
오늘도 하나가 되는 그.림.자
울어도 되나요

—「그림자의 시간」 전문

그림자는 자아의 분신, 혹은 "야행"에서 생성되는 자아의 분신이라는 점에서 빛의 세계인 의식에 가려 있는 그늘로서의 무의식이나 트라우마를 함축하는 것으로 볼 수 있다. 무의식이나 트라우마는 자아의 부산물이기 때문에 자아와 1:1로 대응하는 것은 아니어서 "네 개가 되"기도 하고, "세 개가 되"기도 하며, "슬그머니 한 개가 되"기도 할 것이다. 무엇보다 그림자란 "시커멓게 타버린 속"을 지니고 있다는 점에서 어떤 상처와 회한의 사건들을 환기하는데, 그러한 점에서 시적 주체는 자아의 분신으로서 다양한 무의식과 트라우마를 거느리고서 공생하고 있는 셈이다.

그런데 그림자는 "검은 그림자"로서 화려한 색채가 무화된 그림자인데, 그것은 또 "검은 그리움"이라는 점에서 정동의 원천으로 작용하고 있음을 알 수 있다. 그래서 검은 그림자는 시적 주체의 내면으로 들어와서 "울어도 되나요", 혹은 "얼마큼 울어야 하나요"라고 물으며 슬픔이라는 정념의 파토스를 표출하는데, 이러한 점에서 그림자란 시적 주체가 지닌 삶의 어두운 부분, 상처와 고통으로 점철된 그늘진 자아의 음영이라는 것을 확인할 수 있다.

이진해 시인의 시에서 '그림자'의 이미지는 자아의 상처와 고통을 표출하는 이미지라는 점에서도 중요하지만, 그것이 억누르고 있는 시적 자아의 정동의 상황을 함축하고, 삶의 입체성을 암시하면서 시적 공간에 깊이와 정취를 부여하고 있다는 점에서 의미가 있다. 이지해 시인의 시에서 그림자란 평면적이고 피상적인 감정과 삶의 지평이 아니라 입체적인 감정의 무늬와 굴곡진 삶의 음영으로 독자를 초대함으로써 그윽하고 아득한 정취를 향수하게 하는 것이나. 예컨대 "떠나간 사람들은 정령처럼/ 바람이 되거나 꽃잎이 되거나/ 나의 걸음을 따르는 그림자가 되거나"(「빠이프라인」)라는 구절만 보아도 그림자란 단순히 자아의 분신이 아니라 이별의 고통과 아픔, 추억과 회한을 상징하는 메타포가 되는 것을 볼 수 있다. 또한 "길은 앞서간 그림자의 흔적이다"(「장미 같은 꿈」)라는 대목은 그림자가 단순히 또 다른 자아가 아니라 그러한 상처와 고통을 공유한 무수한 사람들이 만들어낸 어떤 인생의 길을 함축하고 있음을 알 수 있다. 고통을 길어 올려 어떤 인생의 길을 만들고 있다는 점에서 '그림자'란 이진해 시인이 구축한 중요한 하나의 상징이 될 것이다.

2. '파도', 그 붉음의 세계

이번 시집에서 '그림자'의 이미지와 함께 주목되는 이미지가 바로 '파도'이다. 그런데 흔히 파도는 바닷물의 파동으로 생성되는 것이기에 푸른색의 색채 이미지를 지니게 되어 있는데, 이진해 시인의 이번 시집에서는 온통 핏빛의 붉은 색으로 채색되고 있음을 볼 수 있다. 그리고 그러한 붉은 빛의 색채는 바로 시인의 슬픔과 고통이라는 정동을 응축해주는 기제로서 작동하고 있음을 확인할 수 있는데, 그러한 점에서 파도란 시인의 내면세계에 대한 하나의 은유가 되는 셈이다. 시를 한 편 읽어보자.

> 읽고 나면 많은 것이 보일까
> 절대로 모르는 파도의 속내
> 펼쳐보면 들리려나
> 눈을 감게 되는
> 파도의 웃음소리
> 어쩌면 날마다 파도는 오르락 내리락이다
> 증거가 없다고 우기네
> 책을 접는다
> 몰라서 울어대는 너를 달래지도 못하고
> 그냥 보다가 걷다가 보다가
> 붉은 칸나가 니 마음인 줄
> 알아버린 그날
> 육지로 밀려난 배들의 닳아빠진 엉덩이를 보았다
>
> —「청사포 2」 부분

인용된 시를 보면 파도는 단순한 자연물이 아니라 "속내"를 지닌 어떤 내면적 존재이자 정서의 담지체임을 알 수 있다. “붉은 칸나가 니 마음인 줄/ 알아버린 그날”이라는 표현을 보면 어떤 열망과 열정을 품고 있으며, 어떤 강렬한 지향을 함축하고 있는 존재이기도 하다. 사실 시인의 다른 시에서도 파도는 자주 칸나와 비유되곤 하는데, “칸나처럼 붉은 피가 흔들리던 바다”(「청사포 1」)라든가 “파도 소리만 들리지/ 붉은 혀는 달아나지 못하고/ 파도에 갇히네”(「칸나는 붉었지」)라는 표현들을 보면 파도는 단순히 푸른빛의 자연물이 아니고, 불꽃이나 핏빛을 함축하고 있는 붉은 빛, 혹은 칸나에 비유되고 있음을 알 수 있다. 파도가 어떤 속내이자 내면이라는 것을 염두에 두면 이러한 비유는 곧 어떤 대상을 향해서 강렬한 열망과 열정으로 출렁이는 시적 주제의 내면 풍경을 상상해 보게 한다. 다음 작품을 보면 이를 더욱 분명히 알 수 있다.

보이지 않는 소리를 더듬어
너의 울음을 열어 본다
울음을 확인 하듯
바다로 나간다
앞사람도 보이지 않고
내 발자국은 누군가 파먹었는지
흔적이 없다
발자국을 보기 위해
나는 거꾸로 걸었다
시퍼렇게 울어대는 소리에
쿵쾅거리는 가슴

갈 수가 없다
안을 수도 없다
아! 어쩌라고
파도가 나를 덮친다
그림자는 온통 물에 젖었다

—「보이지 않는다」 부분

바다와 파도는 이 시의 시적 논리에 의하면 확인할 수 없는 "울음"을 담고 있는 대상이며, "시퍼렇게 울어대는 소리"로 시적 주체를 끌려오게 하는 어떤 힘attraction이라고 할 수 있다. 그러나 시적 주체는 그러한 울음의 실체에 다가가지 못하는데, 왜냐하면 바다는 거기에 다가가는 발자국과 흔적을 지우며 완강히 접근을 거부하기 때문이다. 그러니까 바다는 파도소리라는 울음소리를 통해서 시적 주체의 주의를 환기하고 그것을 욕망하도록 하면서도 쉽게 그 실체에 접근을 허락하지 않는 어떤 딜레마적인 상황을 조성하는 대상이라고 할 수 있다. 바다는 유토피아utopia처럼 인간의 영원한 열망을 자극하면서도 결코 거기에 접근하는 것을 허용하지 않는 어떤 지향이자 목표로서 시적 주체를 유혹하고 있는 셈이다.

그런데 그 유혹의 성격이 '울음', '울어대는 소리'라는 점에서 그것은 유토피아와 성격을 달리한다. 어떤 슬픔의 정동과 같은 정서적 요인이 시적 주체의 주된 관심사인 셈이다. 인용된 시의 마지막 부분에서는 "파도가 나를 덮친다/ 그림자는 온통 물에 젖었다"라고 하면서 예의 그

'그림자'가 등장하는데, 앞서 분석했듯이 그림자란 시적 주체의 분신으로서 고통과 상처로 점철된 자아의 음영이라는 결론을 환기해 보면, 파도가 함축하고 있는 '울음'의 의미가 조금 선명해진다. 파도는 시적 주체가 지닌 상처와 회한 등의 음영을 자극하고 들쑤시는 원인으로서 어떤 근원적인 슬픔이라든가 원형적인 한계와 같은 인간의 유한성과 존재 조건 등을 상징하는 것은 아닐까? 다음 시의 파도를 보면서 이를 판단해 보자.

> 파도는 숨겨놓은 말言들의 지느러미 같다
> 때로 하얗게 뒤집어 보는
> 때로 시퍼렇게 멍이 드는
> 갓난쟁이의 말은 혀끝에 녹아드는 달콤한 과자 같다
> 갈매기의 말은 새우깡을 낚아채는 비명같이 사라진다
> 청포도가 주렁주렁 매달리면
> 밤새 고개를 세워 봉숭아꽃물을 들인다
> 내 말은 항상 붉거나 어둠이다
> 겨울을 기다리면서 파도 하나 물들인다(…중략…)
> 목욕통 바구니를 들면
> 엄마가 앞서 간다
> 탕 안에서 파도소리는 탕 속으로 발을 뻗는다
> 모처럼 누워보는 말이다
> 등을 밀어준다
> 오늘도 성난 파도는 하수구로 빠져서
> 다시 파도에게로 달려간다
> 파도가 솟구치거나 등을 보여도

그러니, 파도는
가만히 바라보아야 합니다

—「파도」 전문

이 시에서 '파도'라는 기표는 다양한 기의를 지닌다. 물결이기도 하고, 혹은 사물들이 일으키는 웨이브wave 혹은 소리의 파동이기도 하고, 그야말로 바다에서 일어나는 파도이기도 하다. 그런데 "파도는 숨겨 놓은 말들의 지느러미 같다"는 표현에서 알 수 있듯이 어떤 의미를 함축하고 있는 비유적인 측면에서의 언어이기도 하다. 파도는 갓난쟁이의 말이라든가, 새우깡을 낚아채는 갈매기의 비행, 그리고 봉숭아꽃물처럼 어떤 의미를 지니고 있는 언어인 셈이다.

그런데 가장 중요한 것은 파도는 붉거나 어둠의 빛을 지니고 있다는 점이다. "내 말은 항상 붉거나 어둠이다"라는 구절에 주목해 보면, 시적 주체의 말들은 붉거나 어둠의 색인데, 그 말이란 곧 파도이기도 하기 때문이다. 이 대목에서 우리는 불꽃이나 핏빛을 함축하고 있는 붉은 빛, 혹은 칸나에 비유되고 있는 파도가 어떤 속내이자 내면이라는 것을 상기해볼 필요가 있는데, 상황이 그렇다며 파도란 곧 시적 주체의 고통스럽고 어두운 내면에 대한 은유라고 할 수 있기 때문이다.

또한 이 시에서 파도와 관련해서 주목되는 점은 파도가 어머니, 혹은 어머니의 삶과 관련되기도 한다는 점이다. 시적 주체는 어머니와 함께 목욕탕에 가서 등을 밀어주는데, 그것을 세척한 물은 파도가 되어 하수구를 통해서 바다의 파도에게 달려간다. 그러니까 파도란 나와 어머니의 세속적인 삶의 부산물을 고스란히 받아들여 정화시키는 존재이기도 하고, 그 삶의 "성난" 국면을 고스란히 떠안고 포용하는 대상이기도 하다. "그러니, 파도는/ 가만히 바라보아야 합니다"라는 표현은 그러한 파도에 대한 존중과 공감의 필요성을 역설하고 있다. 바다가 하나의 원형적인 상징으로서 죽음이자 생명이라는 이중적인 의미를 가지고 있듯이, 이진해 시인의 시에서 파도는 그림자와 같은 삶의 회한과 슬픔의 정동을 함축하고 있기도 하지만, 또한 그것을 모두 감싸 안아 포용해주고 정화해주는 모성과 같은 의미도 지니고 있다는 점에서 그림자 만큼 중요한 상징이라고 할 만하다.

3. 자연, 꿈틀거리는 생명의 세계

이진해 시인의 이번 시집에서 '그림자'와 '파도'가 일상의 고통과 상처를 응축하고 있는 이미지로서 실존적 삶의 면목을 대변해주고 있다면, 그것을 치유하고 포용하며 정서적 안정을 부여하는 대상은 자연일 것이다. 비록 「녹슨 스프링」이라는 시에서 봄의 모습이 '녹슨 스프링'으로, 혹은 "꽃들이 공유하는 동영상에는 봄이 녹슬고 있다"거나 "발기하지 못한 녹물이 고인다"(「녹슨 스프링」)는 표현에서처럼 자연이 생명력과 역동성을 상실한 것처럼 묘사되기는 하지만, 그것은 "바깥에 있는 놈을 혼자 보겠다고/ 화분에 옮겨 심었더니/ 뿌리부터 녹이 피었다"는 구절에서 알 수 있듯이, 자연을 인공화한 결과라고 할 수 있다.

이진해 시인의 자연은 무엇보다 충일한 생명력의 터전으로 수용된다. "무수한 시간들을 지나왔으리라/ 무수한 곤충들의 입맞춤을 받아왔으리라/ 가루받이를 하고/ 씨방을 털어내고"(「꽃의 항변」)라는 표현을 보면 자연은 무엇보다 새로운 생명을 잉태하고 번식하는 주체로 수용되고 있다. 그리하여 자연은 에로티즘의 향연을 보여주기도 하는데, "땀은 수밀도 과즙 같은 끈적함으로/ 몸 속 깊은 곳으로 교미를 한다"거나 "열 받은 배롱나무 하늘 향한 반란을 도모하듯/ 거침없이 붉게 발기한다"(「여름이 錄音되다」) 등의 표현에서 알 수 있듯이 자연적 대상들은 거침없이 생식 활동에 몰두하며 에로티즘을 발산하고 있는 것이다. 생명력으로 충일한 자연의 모습을 다음 시가 가장 잘 보여준다.

> 아름다운 꽃들이 눈 뜨며
> 사랑한 그 밤에는 눈이 내렸다
> 꽃들이 난분분하다
> 숨을 참느라
> 허기진 나는
> 숨을 몰아 뱉아버린다
> 움켜진 손가락을 펼친다
> 화피 같은 것들이 허물처럼 벗겨진다

봄날이 비틀거린다

황사가 앞을 가린다

낡은 책들이 서성인다

시퍼렇게 불뚝불뚝 솟아나는 봄의 말들

봄비처럼 자판을 기웃거린다

풀씨 같은 것들이 봄의 아랫도리에서

겨울옷을 벗는다

숨겨진 틈새에는 숨겨진 골목길이

삐뚜름하니 구부정했다

걸음을 멈춘다, 붉은 산다화 목을 꺾는다

情思가 끝난 찢어진 꽃잎은

낭창거리는 대목에서 한번 더

목을 꺾고 낭창거린다

들숨은 수탁의 목처럼 휘어진다

—「사월 정사」 전문

시인은 정사를 남녀가 서로 생각하는 마음을 뜻하는 정사情思라고 해서 표현을 순화시키고 있지만, 사실 정사라는 기표를 남녀 사이의 육체적인 사랑의 행위를 뜻하는 정사情事라고 해석해도 크게 어긋나지는 않을 것이다. 이 시에서 사월의 정사에 참여하는 모든 주체들은 숨이 가쁘다. 사랑을 끝낸 꽃들은 난분분 떨어지고, "숨을 참느라/ 허기진 나는" 가쁜 숨을 참을 수 없어서 "숨을 몰아 뱉아 버린다." "봄의 말들"은 "시퍼렇게 불뚝불뚝 솟아나"고, "풀씨 같은 것들"은 "봄의 아랫도리에서/ 겨울옷을 벗는다.” 난분분 떨어지고, 내뿜고, 솟아나고, 벗는 이미지들이 봄의 역독성과 함께 생명력의 향연을 함축하고 있다.

또한 이 시에서는 “情思가 끝난 찢어진 꽃잎은” 낭창거리다가 “낭창거리는 대목에서 한 번 더/ 목을 꺾고 낭창거린다.” 이러한 장면들을 보고 있는 시적 주체의 “들숨은 수탉의 목처럼 휘어지”는데, 이러한 장면은 봄의 숨 가쁜 생명력의 향연에 동참하는 시적 주체의 내면 풍경을 보여준다. 상황이 이러하기에 “황사가 앞을 가리”고, “낡은 책들이 서성이”는 것도 예사롭지 않은데, 그것들 또한 봄의 숨 가쁜 번식활동에 영향을 받아 들썩이는 것처럼 보이는 것이다. 특히 “숨겨진 골목길이/ 삐뚜름하니 구부정했다”는 표현에서는 골목길 또한 봄의 정기를 받아서 꿈틀거리며 살아나는 듯한 인상을 받게 된다. 결국 이러한 뭇 사물들의 꿈틀거림에 “봄날이 비틀거리”게 되는데, 이러한 비틀거림이야말로 변화와 역동의 구체적인 이미지가 될 것이다. 자연에 관한 시를 한 편 더 읽어보자.

> 팔각정 탑 어디쯤에서 불을 지핀다
> 날리는 눈발을 지핀다
> 나비처럼 봄으로 가는 꽃과 나무들
> 입술을 오무린다
> 최대한 따뜻한 온기를 지핀다
> 공작새 날개를 펼치듯
> 가지들이 춤사위를 춘다
> 오늘 아니면

내일 아니면

한 잎씩

한 잎씩

마지막 꽃잎을 채우는 구구소한도

홍매화의 눈시울이 붉어진다

손끝이 까닭 없이 저려온다

불전사물이 깨어난다

고드름이 녹아내리는 처마 끝

아궁이의 불은 뜨거워진다

밥물이 뜨겁게 흘러내린다

굶주린 봄이 솥뚜껑을 연다

지상의 모든 것들이 덩달아 솥뚜껑을 연다

홍매화가 앞장서 길을 간다

홍매화가 밥물처럼 흘러넘친다

아궁이에 확확 붉은 봄이 타 오른다

목줄기의 울대가 길어진다

말소리는 자꾸 앞장선다

크리센도로 우는 북소리가 있다

—「점점 세계」 전문

봄을 다룬 이 시에서 무엇보다 역동적인 이미지들의 향연이 눈에 띤다. 불길이 일어나고, 날개가 펼쳐지고, 춤사위가 꿈틀거린다. 그리고 세상이 붉어지고, 깨어나고, 뜨거워지고, 흘러내리고, 흘러넘친다. 또한 솥뚜껑이 열리고, 타오르고, 길어지고, 앞장서고, 북소리의 울림이 점점 커진다. 이처럼 꿈틀거리고 넘치고 타오르고 열리는 이미지들은 당연히 봄의 해동解凍과 발아發芽, 그리고 개화開花와 수정授精 등의 봄의 준동蠢動과 번식 작용의 역동적인 활동을 표현하기 위한 것이다.

이러한 움직임의 이미지 외에도 이 시에서 가장 주목되는 이미지는 온감溫感의 촉각적 이미지이다. "불을 지핀다", "온기를 지핀다"는 표현을 비롯하여 "아궁이의 불은 뜨거워진다", 그리고 "아궁이에 확확 붉은 봄이 타 오른다"는 표현들은 모두 따뜻한 온기와 불의 이미지를 공유하고 있다. 시적 주체에게 봄은 무엇보다 따뜻한 온기로 수용되는 셈이다. 이러한 온감의 이미지는 '열림'이라는 개방적 이미지와 붉은 빛의 색채 이미지를 불러온다. "공작새가 날개를 펼치듯" 봄이 열리고, "솥뚜껑이" 열리듯이 봄이 열리게 되는 것이다. 그리고 그처럼 개방된 봄의 시공에는 "홍매화"와 "불꽃"으로 표상되는 붉은 빛이 가득 채우게 된다. 그리고 이러한 온감의 촉각적 이미지라든가 개방과 붉은 색의 이미지는 "크리센도로 우는 북소리"라는 이미지로 집약되는데, 그것은 곧 약동하는 봄의 생명들이 지닌 심장의 고동소리라고 할 수 있을 것이다.

'그림자'와 '파도'의 이미지에서 볼 수 있었던 신산함 삶의 고통과 상처의 모습을 이진해 시인의 자연시에서는 찾아보기 어렵다. 원만구족한 모습을 지닌 채 에로티즘과 역동적인 생명의 이미지로 가득 차 있는 자연의 이미지는 그래서 삶의 고통을 위로하고 치유하는 하나의 대안적 세계처럼 보인다. 하지만 이러한 해방과 구원의 자연 공간

또한 이진해 시인의 시적 공간에서는 코로나 펜데믹으로 인해서 황폐화되고 있다는 점에서 시의식의 비극적 인식을 읽어낼 수 있다.

4. 코로나 시대의 풍경, 혹은 내면풍경

침묵으로 견딘 시간을 담금질 하듯
바람이 울어댄다
말하지 못하는 비명이다
새벽 어스름에 익숙한 골목에서
굉음을 울리는 오토바이가 질주한다
검은 마스크는 침묵처럼 보인다
눈치 보지 않고
봄의 공기를 들이킨다
누가 볼세라
마스크를 흔들어 본다
걸음은 지그재그다
이렇게라도 바람을 들이키지 않으면
참말로 숨이 막힐 것 같다
목련도 산딸나무도 숨어서 그림자만 보았다
비에 떠내려가는 벚꽃을 바라보았다
만장도 없이
흘러가거나 지들끼리
성벽을 쌓더라

꽃의 성벽은 금새 누렇게 변하더라
겁도 없이 소독차의 향기를 마셨지
마구 내달리던 무지함이 와이리 그리운 거지
당신도 보고 싶어지는 봄밤입니다
떠난 이들 앞에서 침묵하는 법을
마스크에 가둔다
혼술, 혼밥, 혼쿡, 혼영화
광고는 온통 혼자 사는 법을 들먹인다
굳이, 어차피
지구를 잠깐 열쇠로 잠글 수는 없나요

—「봄의 침묵」 전문

앞서 분석한 「사월 정사」나 「점점 세계」와 같이 봄을 다루고 있음에도 불구하고 시적 공간을 가득 채우고 이미지나 분위는 사뭇 다르다. 무엇보다 "비명"이라든가 "침묵", 그리고 "만장"과 같은 어휘들이 봄이 생명의 계절이 아니라 죽음의 계절임을 표나게 강조하고 있다. 붉은 색의 색채 이미지는 "검은 마스크"에서 나타나 있는 것처럼 검은 색의 색채 이미지로 변질되어 있으며, 벌어지고 열리고 펼쳐지던 '개방'의 이미지는 "참으로 숨이 막힐 것 같다"라든가 "성벽을 쌓더라", 혹은 "침묵하는 법을/ 마스크에 가둔다" 등의 표현에서 추출할 수 있는 '폐쇄'의 이미지로 바뀌어 있다.

이러한 이미지로 인해서 시적 분위기는 음울하고 답답하며 암담하다. "침묵"이라는 어휘가 대변해주는 정태적인 이미지가 주조를 이루는 가운데 어떤 움직임 발생하기는 하지만, 그것은 비명 같은 바람의 울음이거나 오토바이의 질주와 같이 신경을 자극하는 날카롭고도 불길한 이미지로 수렴된다. 무엇보다 이 시에서 주조를 이루는 이미지는 막히고, 닫히고, 갇히는 등의 폐쇄적 이미지라고 할 수 있다. 코로나 펜데믹은 봄의 공간을 숨막히는 폐쇄적 공간으로 변질시킨 셈인데, 자주 반복되는 "침묵"이라든다 "숨이 막힐 것 같다"는 표현들이 그러한 답답한 봄의 폐쇄적 공간을 강소한다. 특히 "혼술, 혼밥, 혼쿡, 혼영화"라는 나열된 어휘들은 공동체적 관계가 붕괴되고 단자單子처럼 고립된 개인의 처지를 암시하고 있는데, "지구를 잠깐 열쇠로 잠글 수 없나요"라는 마지막 구절은 펜데믹으로 인해서 극단적으로 폐쇄적인 공간기 되어 역동성과 생명성을 상실한 지구촌의 실상을 신랄하게 풍자하고 있다.

이진해 시인의 이번 시집에서 이처럼 갇히고 닫힌 폐쇄적 이미지와 함께 펜데믹 시대를 표상하는 이미지로는 시간이 흐르지 않고 정체되어 버린 박제의 이미지가 있다. "거실에 박제된 마스크 하나/ 뚫어지게 쳐다본다/ 시시포스의 시간이 반복된다"(「박제된 시간들」)라는 표현들은 도무지 시간이 흐르지 않고 고여 버린, 그래서 생명의 활동이 멈추어버린 듯한 펜데믹의 상황을 암시하고 있다. 또한 펜데믹은 이진해 시인에게 재택근무라든가 비대면 활동으로 인해서 개인의 사생활이나 사적 정보가 침해되지 않을 것으로 생각할 수 있지만, 오히려 개인의 일거수일투족이

드러나는 위험에 노출되는 폭력의 시대이기도 하다. "자꾸만 내 몸을 인식하는 카메라가 거슬린다/ 자꾸만 내 몸에 나를 인식하는 바코드가 새겨진다"(「비대면의 거리」)라든가 "흡혈귀처럼/ 코로나는 서로 물어뜯고 통성명을 하는/ 바코드처럼 마구 찍혀요"(「자가격리」)라는 표현들은 개인의 사적인 정보가 공개되고 통제될 수 있는 빅브라더 시대의 도래할 수 있음을 경고하고 있다.

그러나 무엇보다 시인에게 펜데믹 시대는 가상공간과 인공적 존재와의 관계가 삶의 주류로 등장하는 시대를 초래했다는 점에서 문제적이다. "어쩌면, 코로나라는 것이/ 빙산의 일각에 놓인 인간들을 비웃는/ 가상현실인지도 모르겠다/ 수면 위 빙산만 보느라/ 수면 아래 숨어있는 다크 웹은 몰랐다"(「다크 웹」)는 표현은 펜데믹 시대의 또 다른 위험성을 경고한다. 즉 펜데믹 현상은 인터넷을 사용하지만, 접속을 위해서는 특정 프로그램을 사용해야 하는 웹으로서, 사이버 범죄에 활동되는 사이버 공간의 지하세계라고 하는 다크웹이 빙산의 아래 영역을 차지하고 있다는 것이다. 펜데믹은 온라인을 통한 비대면 생활을 일상화하고, 그것은 빙산의 아래처럼 사이버 범죄의 지하 영역을 넓히고 있다는 논리이다. 그러나 시인에게 펜데믹 시대에 가장 큰 문제가 되는 것은 인간성 상실의 비극이라고 하겠다.

피그말리온은 피와 살이 있는 여자를 싫어했다고
그리이스 신화에 전해진다

상아로 만든 조각상과 결혼을 한다
껴안고 키스도 하고
사랑표현도 하고
갈리테이아는 상아로 만든
리얼돌의 원조다
미래 세상에는 인간과의 관계보다
로봇이나 인형과의 성관계를 예언한다
미래학자의 말이니 믿어도 될 것 같다
블루 코로나의 암호에 갇혀
밖으로 나다니지 못하니
성적욕구 해소를 위해 리얼돌을 찾는 사람들
천만 원이라는 고액의 리얼돌도 판매된다니
고장 난 우리 몸속에
어느새 로봇이 기여한 공로가 크다
자연스럽게 동거를 시작하고 있디

—「리얼돌」 부분

키프로스의 성적으로 문란한 여인들에게 혐오감을 느껴 여인들을 멀리한 채 조각상으로 갈라테이아를 만들고, 그것과 사랑에 빠졌는데 아프로디테의 도움으로 조각상이 여인이 되자 그녀와 결혼하여 행복하게 살았다는 키프로스의 왕 피그말리온 신화 접목하여 펜데믹 시대의 새로운 풍조로 생겨나고 있는 리얼돌 열풍을 풍자하고 있다. 역설적인 것은 피그말리온은 성적 문란을 혐오하여 갈라테이아라는 인공적 존재를 만들었지만 펜데믹 시대의 현대인들은 성적 문란의 일환으로 리얼돌을 선호하고 있다는 점이다. 그러니까 피그말리온의 갈라테이아는 진정한 정신적 교감과 사랑을 위한 인공물이라면, 리얼돌이란 진정한 정신적 교감이 아니라 육체적 욕구라는 성적인 욕망을 해결하기 위한 수단이라는 점에서 사랑에 대한 외설물이라고 할 수 있을 것이다. 사랑이라는 인간관계를 오로지 성적인 측면에만 집중시킨다는 점에서 그것은 사랑에 대한 왜곡이고 외설인 셈이다.

시적 주체는 펜데믹 시대가 초래한 이러한 리얼돌 열풍이 인간의 인간성을 붕괴시킬 것이라고 우려한다. "미래 세상에는 인간과의 관계보다/ 로봇이나 인형과의 성관계를 예언한다"는 대목에서 인간과 인간의 정신적인 교감이 붕괴될 것임을 암시하고 있다. 특히 "고장 난 우리 몸속에 / 어느새 로봇이 기여한 공로가 크다"라는 풍자적인 표현을 보면, 펜데믹 시대의 왜곡된 우리의 몸과 생활에 대한 우려를 읽을 수 있다. 결국 이러한 풍조는 "생긴 대로 순리대로 사는" 모습이 아니라 순리에 어긋난 왜곡된 삶의 방식이라는 것인데, 이러한 인간적 삶의 왜곡과 외설의 주요한 원인을 펜데믹에서 찾고 있는 셈이다.

이상으로 우리는 이진해 시인의 새로운 시집의 시적 성취와 면모를 확인해 보았다. '그림자'와 '파도'의 이미지를 통해서 시인은 세상에 기투된 유한한 존재로서의 인간이 감내해야 할 고통과 상처, 그리고 그러한 삶의 결과로서 지니고 살게 되는 음영陰影을 그려내고 있었다. 무엇보다 '그림자'와 '파도'의 이미지는 깊고 그윽한 정동의 세계를 보여줄 뿐만 아니라 개성적인 상징을 구축하고 있다는 점에서 높이 평가할 만하다. 그리고 그러한 실존적 삶의 고통과 상처를 치유하고 위로할 대안으로 자연에서 역동적인 생명성을 발견하고 있었다. 그러나 펜데믹 시대는 그러한 자연의 역동성과 개방성을 붕괴시키고 자연을 대체할 인공지능과 인공물의 시대를 초래했다는 점에서 다시금 출구가 봉쇄된 형국을 보여준다. 펜데믹 시대에 이러한 난관을 어떻게 뚫고 나가서 해방의 가능성을 보여줄 시적 돌파구를 마련할지 이진해 시인의 앞으로의 행보가 주목된다.